U0094906

海獺奧德的冒險旅程 Odder

—— 著 ——
凱瑟琳・艾波蓋特
Katherine Applegate

—— 繪 ——
查理斯・聖多索
Charles Santoso

獻給莉茲‧薩布拉（Liz Szabla）
無限感激

知道該如何玩樂

是一種令人開心的天分

——愛默生[1]

1　譯注：愛默生（Ralph Waldo Emerson，1803 年 5 月 25 日 — 1882 年 4
　月 27 日）是美國思想家暨文學家。

目次

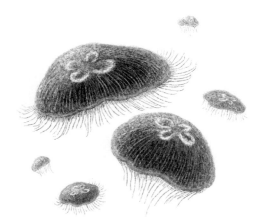

如何成為一隻海獺的奧祕

藍劍虹（台東大學兒文所教授）

　　我們面臨的生態危機正是人類社會的危機。

　　　　　　　——《生之奧義》，巴諦斯特‧莫席左

　　凱瑟琳‧艾波蓋特的《海獺奧德的冒險旅程》是以深具傳奇色彩的加州蒙特瑞灣水族館海獺保育計畫，三隻代理海獺媽媽為原型書寫的詩體小說。這些海獺代理媽媽都成功撫育數十隻海獺寶寶，而海獺寶寶長大野放後，也成功的在棲地長大和孕育牠們的下一代。這些事蹟是如此令人動容，真實又具奇蹟性。本書以樸實動人心弦的詩文娓娓道來，此一見證人類與動物所共有的「親生命性」（biophilia）的史詩。

　　任何見過海獺，尤其是小海獺，都可以輕易體會愛德華‧威爾遜（Edward Wilson）所言：「親生命性代表著我們對生命所天生擁有的親和力，不僅是我們人性的本質，且將我們與所有其他生命聯繫在一起。」海獺因為其特有濃密的毛皮受到人類大量捕獵，曾經一度以為滅絕，後來

發現約五十隻，在保育與研究人員的努力之下，現今恢復到三千隻左右，仍然是瀕危物種。我們所面臨的生態危機由此可見一斑。我們迫切需知道此危機的根本問題在哪裡和了解根本的改變方式是什麼。

問題在於人類中心主義，這是從工業革命開始，我們將人類視為唯一主角，而將我們與自然界和其他各種物種相分離，並把後者當成資源和進行無限制的開採、剝削。人類和動物的相分離，喪失親密與感受性，這是危機的根源所在。我們必須去翻轉和重新找回我們與各種物種的親密關係。

人類和動物自史前時代起，一直都是關係密切。我們是透過動物去思考我們自身。如人類學家李維史陀所言，在動物圖騰信仰中，這些動物之所以被揀選出來，是為了思考。不只是史前洞穴繪畫中所布滿各種動物，在人類最早建立的哥貝力克神廟（Göbekli Tepe），巨大石柱上就雕刻有各種動物。這足見動物扮演著我們精神信仰的引領者。這在兒少文學中處處可為見證：從古希臘《伊索寓言》、中世紀的《列納狐傳奇》，到波特小姐《小兔彼得》、E‧B‧懷特《夏綠蒂的網》和現今繪本中眾多的動物人物，在在說明人類是透過思考動物而成為人。但是現今卻正不斷疏遠，而造就全球生活的危機。

正如《生之奧義》作者巴諦斯特‧莫席左所言：「我們面臨的生態危機正是人類社會的危機。」我們剝削動物與自然，正如工商業社會中人對人的剝削、榨取。莫席左睿智的指出，此一危機首先就是感受力的危機：「我們對

動物的感受力，其範圍、種類已經縮減到少得可憐的地步。」這也是為什麼科普作家張東君要再三呼籲：「不是只有貓狗才是動物。」對毛小孩的寵愛，事實上是我們與自然、動物生命喪失連接的表徵。就如動物行為學家勞倫茲（Konrad Lorenz）所言：「人類越都市化，離自然越來越遠，寵物在人類生活裡的生活的重要性也越增加。」

我們需要去尋回與地球上各種動物的親密聯繫，並從中重新思考何謂生命和生活方式的愉悅感受，如莫席左所言：「動物是原初謎奧——我們的生活方式之謎——的絕妙中介。」這不只是需要動物生命科學的探究，更需要文學、藝術，去重新啟動進入牠們的生命中，透過想像力，解讀、詮釋牠們的感知，藉此而能達到與牠們休戚與共的豐富生命世界。本書正是這樣一篇以自由詩體帶領我們進入海獺世界，與之一起游動嬉戲的生命之旅。

艾波蓋特從一開頭就指出這趟旅程的關鍵詞：遊戲、玩耍。海獺奧德是一隻玩耍的天后：「**水就意味著玩耍，而玩耍正是海獺存在的目的。**」這不只是從遊戲中學習生活的技能，更能將「**嬉戲變成一門藝術**」。或許我們會問，為什麼是嬉戲？因為，嬉戲能從根本上去對抗著以理性為名所進行的算計、開發和剝削的技藝。保育人員能協助海獺寶寶生存，但是關於如何真正成為一隻海獺的「奧祕」，這需要由奧德和其他海獺代理母親那裡來教導我們：「**可是牠們不知道其中的奧妙：牠們不懂得那種令人震驚且不可思議的喜悅。**」

艾波蓋特，以其如通靈者的詩才，與奧德一起嬉戲，

帶領我們找回親生命性的感受力，那也是席勒在《美育書簡》所言：「人只有在遊戲時，才完全是人。人只應同美一起遊戲。」奧德在最後，也這麼說：「**美麗的大海，永遠代表著玩耍。**」這也提醒著我們，人類與地球上那些早我們數萬甚至數百萬年前的生物，都是來自大海。我們與牠們擁有共同的祖先，共享生命的奧祕，更應當共享一起嬉戲的喜悅。

和諧的永續環境

林大利（生物多樣性研究所副研究員）

　　本書是溫暖動人的詩歌體小說，適合各年齡層的讀者。這部作品圍繞著一隻名叫奧德的海獺展開，描繪了她在大海中冒險，並受到救傷中心援助的故事。作者用優美細膩的筆觸、清新明快的詩歌節奏，帶領讀者進入奧德的視野，讓我們感受到她對自然萬物的好奇，以及反思現實生活中的海洋環境議題。

　　《海獺奧德的冒險旅程》來自美國加州蒙特瑞灣水族館的真實救援事件。在同樣設有野生動物急救站的生物多樣性研究所工作，獸醫師和照護員也不時接到各式各樣的電話，電話另一頭往往是急需救援的野生動物。

　　野生動物在大自然中生存，生病或受傷是難免的事，畢竟野性的自然裡，本來就充滿許多挑戰。然而，從野生動物的救傷紀錄，我們卻發現野生動物受傷的原因，有很多來自於不自然的人為因素。例如受車輛撞擊的路殺、撞上玻璃窗的窗殺、誤中危險的獸夾陷阱、不慎碰到黏鼠板、誤食農藥、人為飼養不當等等。這些應該盡可能降低

風險，或甚至不該發生的因素，都讓野生動物的日常生活充滿危機。

　　然而，事實上，送入急救站的野生動物往往是凶多吉少，能順利康復出院的只是少數。有些在醫院回天乏術，有些則需要終生收容。因此，本書除了動人的故事情節外，我也想提醒野生動物救傷終究是治標，而治本之道在於，我們更積極創造與野生動物和諧共存的永續環境。

第一章

玩樂天后

加利福尼亞州蒙特瑞灣
及其周圍地區

不算（那麼）有罪

鯊魚辯稱，
他們
（通常）不吃
海獺。

這是真的。
鯊魚有時候咬到海獺，
是因為不小心，
才會在海獺身上
留下了一、兩道齒痕，
害海獺痛得皺眉。

不過，
說句公道話，
畢竟沒有誰是完美的。

來不及了

話說，有一隻
飢腸轆轆的大白鯊，
看見了一個外形修長且油亮光滑的泳者。
可能是一隻海獅吧？
（鯊魚最喜歡吃
充滿鯨脂的食物了。）

這隻好奇的大白鯊，
靠過去想咬一口，
結果發現
自己看上的目標是一名衝浪者（糟糕），
或者，
更可能是
鼬科家族中
最具魅力的成員：
加州海獺。

你也有過類似的經驗，
對吧？
在自助食堂的取菜隊伍中，
或者在飯店自助早餐的餐檯前，
想嘗嘗看
以前沒吃過的菜色，

夾了起菜，大口吃下，結果露出鬼臉，
並且把那個難吃的東西
吐到餐巾上。
這麼做無傷大雅，不算過分。

鯊魚也一樣，
他們馬上就會察覺
口感不佳，
並因此撤退。

當然，對衝浪者而言，
那時候通常已經來不及了。

對海獺而言，
差不多也已經來不及了。

飢餓

這天早上，
有一隻鯊魚
正在海裡四處覓食。
當時是破曉時刻，
淡粉紅色的天空萬里無雲。
在那個片刻，
海灣突然變得亂紛紛，
因為大家都看見了
平靜的海面上
突然浮出
鯊魚的背鰭。

這隻鯊魚還未成年——
只是青少年——
雖然他擁有流線的身形與健壯的體格，
但是以他的年紀而言略顯瘦小。
今天他來到一個
距離他經常出沒之處很遠的地方。

他的上一餐
只吃了一隻鰩魚和兩隻小海龜，
而且那已經是三天前的事了——
無論怎麼看，他都很可憐。

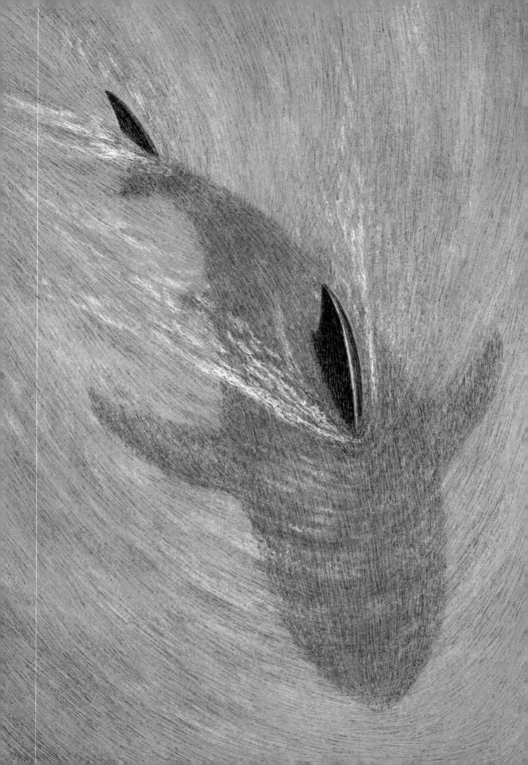

然而，不必擔心，
因為飢餓是
讓心智專注的方法之一。

假如確定有食物，
那麼
他一定找得到。

第一五六號海獺

在距離那隻鯊魚不遠處，
第一五六號海獺正仰躺浮在水面上。
她將前爪與後蹼
高高舉起，
像一塊小小的太陽能板
吸收著日光。

她把一塊
她最喜歡的石頭
藏在腋下皮膚形成的口袋裡，
那塊石頭的大小，
正適合用來打開貽貝和蛤蜊的殼。

她現在三歲，
已經看過
好幾隻鯊魚，
甚至見識過那些鯊魚
獵食的場面。

然而此時此刻
她只關心早餐要吃什麼。

編號與名字

朋友們都叫第一五六號海獺
「奧德」，
可是人類喜歡叫她的
編號。

人類喜歡數東西，
數紙牌點數和羊隻，數失誤次數和打擊次數，
以及數時間[1]和數祝福[2]。

在蒙特瑞灣這裡，
人類還會數
海獺。

1　譯注：原文 Count the days/hours/minutes 意為急切的期待某事發生，
　　字面直譯則為數時間。

2　譯注：原文 Count one's blessing 意為知足惜福，字面直譯則為數祝福。

小淘氣和小水花

人類替海獺編號
是有原因的。
雖然可愛的名字
很吸引人，
而且大家都喜歡。

不過取名字實在太麻煩了。
雖然編號聽起來頗有距離，
但是便於救援者施救，
也便於科學家鎖定實驗對象，
讓人類與海獺更容易產生連結。
（反正人類很難
不愛上
海獺寶寶。）

不取名字真的很可惜。
想想這些名字：
小淘氣和小水花，
還有小悠哉和小傻瓜。
或者奧圖和奧斯維德，
以及奧茲和奧比。

儘管如此，編號還是比較好。

因為可以讓

這些海獺

獲得他們需要的協助。

問題

在她出生的那一刻，
她的母親就為她取了
「奧德」這個名字。

這個海獺寶寶
身子總是動來動去。
這個海獺寶寶
眼裡總是充滿
各式各樣的問題。

吃或不吃

奧德最好的朋友
凱莉，
在距離奧德幾英尺之處。
凱莉也仰躺浮在水面上，
像一根沒有目的地的漂流木。

凱莉比奧德大兩歲，
擁有一身
黝黑的毛皮。
奧德的體型較小，
動作也較靈活，
擁有一身深棕色的毛皮，
以及焦糖色的頭部。

應該去玩呢？
還是去吃東西？
奧德思考著。

我們先去吃東西，
然後才去玩。
凱莉回答。
凱莉總是相當務實，
做事也十分嚴謹。

這樣其實很討厭。
不過如果你像奧德一樣
總是那麼自由隨性，
能有一個睿智可靠的朋友
彼此互補，
絕對不是壞事。

我們先去玩，
然後再去吃東西。
奧德說。

她用鼻子
輕輕推了她的朋友一下，
然後就潛入
有許多大葉藻的靜謐海底。

溝通

無法傳手機簡訊或寄電子郵件，
也無法說悄悄話或者
大聲抗議時，
在這種無法使用文字的時刻，
你要如何分享
自己知道的事情呢？

海獺
會發出囀鳴與哼唧、
咆哮與噓嘶，
還會吹氣和鼓鼻。

也別忘了海獺擁有
視覺及嗅覺，
以及最重要的觸覺——
可以輕推與舔舐，
用頭頂撞和輕輕啃咬。

每個物種都有自己溝通的方式。

海底

在海底
不需要發出
咕噥、尖叫或嗝啾。

因為可以旋轉、
扭絞和擺動身體。

因為可以把
嬉戲變成一門藝術。

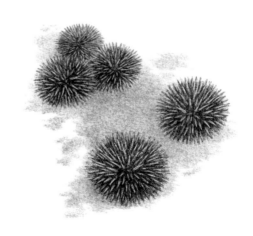

芭蕾舞

她們開始彼此追逐。
經過了麋鹿角泥潭的
沼澤淺灘，
朝著冰冷、
深沉的海灣游去——
一會兒進一會兒出、一會兒上一會兒下，
旋轉、躍升、降沉，
在海水泡泡裡跳芭蕾舞。

最後當她們停下來休息時，
凱莉說：
我們游得夠遠了。

她們小而平滑的頭顱，
就像河床邊
又滑又溜的石頭。

奧德往後翻了一個筋斗，
消失於海面，
然後又從幾英尺遠的地方
浮出水面。

沒用的小呆瓜。

她取笑凱莉。
我們再游遠一點。

這齣芭蕾舞劇
就這樣進入了第二幕。

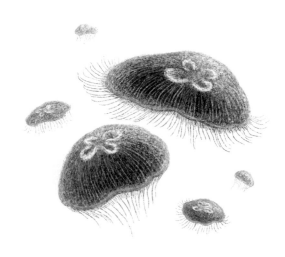

泥潭

對海獺而言，
泥潭就像是天堂——
平靜又溼軟，
可以輕鬆的挖掘。
只要往下挖幾英尺，
看，找到食物了。

當然，
泥潭附近有很多人類——
有觀光船、
皮艇和獨木舟，
那些人類都急著目睹
海獺與海獅、
帝王大藍鷺、
雙冠鸕鶿，
以及滑稽的鵜鶘。

海灣

泥潭後方的
蒙特瑞灣，
有一種不一樣的動物：
會噴水的鯨魚。
鯨魚又龐大又嚇人，
但是在海平面下
極其美麗。
海草叢林就像是一面
綠色的毛毯，
而照進海裡的陽光，
則像一道道鋒刃。

有人說
這裡的食物比較棒——
只要你願意花力氣去吃
鮮美多汁的螃蟹——
然而這裡的環境危險，
因此讓許多海獺卻步。

不過，奧德不怕。
她喜歡吃美味的螃蟹。

每日行程

海獺的每日行程大致如下：
吃東西
　　　整理毛皮
　　　　　　睡覺
吃東西
　　　整理毛皮
　　　　　　睡覺
吃東西
　　　整理毛皮
　　　　　　睡覺

但也一定會留點時間

潛水
　　　　　　　　追逐海浪
　　　　轉動尾巴
滑水
　　　　　　　　吹泡泡
　　　玩樂。

玩樂天后

沒有哪隻海獺
玩得像奧德這麼瘋。
也沒有哪隻海獺
動作像她一樣俐落。

她喜歡打打鬧鬧，
有時會堅持己見或性情急躁，
並且不守規矩，
然而看著她在水中嬉戲，
真的是一種樂趣。

她不光只是在海底游泳，
　　　　　還會炸彈式潛水。
她不光只是翻筋斗，
　　　　　還會三連翻。
她不光只是衝浪，
　　　　　還會造浪。

節食

於此同時，
仍在獵食的鯊魚
已經游到了泥潭口，
像個無聲無息的海中鬼魅。

鯊魚可以大口吞下食物，
然後好幾天不吃東西。
但海獺總是吃個不停。
（幸運的是，海獺的肚子
像餐桌一樣，可以變成兩倍大。）

因為海獺不像海豹或鯨魚，
沒有厚厚的鯨脂，
所以每天必須
吃掉相當於
體重四分之一的食物——

例如鮑魚和海膽、
章魚和海星、
貽貝和螃蟹和蛤蜊。
海獺就像採用肝醣超補法[3]進食的馬拉松選手，

---

3 譯注：肝醣超補法是指馬拉松選手在比賽前一天攝取大量碳水化合物，以便讓肌肉儲滿肝醣。肝醣是肌肉最直接使用的能量來源。

也像啜飲花蜜的蜂鳥，
可以從早吃到晚。

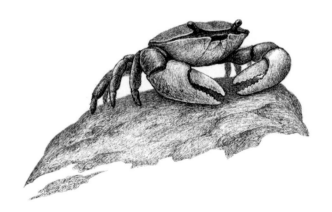

大白鯊

沒有人喜歡鯊魚。
因為大家都知道，
他們可不是體型巨碩的小鹿斑比。
鯊魚的笑容陰森，
而且有數以千計的三角形利齒，
一排
一排
又一排。

然而鯊魚仍有得意之處：
大海的一切就像
在他們掌控之中。
而且別忘了
還有好萊塢——
像《大白鯊》[4]那種驚悚電影，
永遠不可能
由海獺擔任主角。

---

4 譯注：《大白鯊》（*Jaws*）是一九七五年上映的美國驚悚電影，由史
   蒂芬·史匹柏執導，當時不僅創下電影票房紀錄，並獲得多項奧斯卡
   金像獎。

可愛

儘管如此，
如果你是海洋的一分子，
很難不去討厭海獺。
因為他們那麼受歡迎，
被大眾
深深喜愛著。

據說他們是
可愛比賽的優勝者：
有著雌鹿般的眼睛，
連觸鬚都充滿表情，
而且還是水中體操的
金牌選手。

海獺非常上相，
很適合做成迷因圖，
因此深深吸引
所有的粉絲。

只有傻瓜才會
想要和鯊魚
一起自拍。

划皮艇的人

奧德轉過身子，
看見了她早已經
聽到和聞到的事物：
一個人類正在划槳，
揚起小小的波浪。
那個人的下半身
塞在一個宛如巨大沙丁魚的
硬殼狀物體中，
以笨拙的姿勢划動著水面
——用船槳代替前爪——
讓奧德看不下去。

奧德喜歡划皮艇的人，
她欣賞他們無可救藥的渴望，
痴心妄想成為他們
永遠無法成為的海洋生物：
她。

她看過很多人類，
對於他們冒汗的額頭、
裝水的瓶罐，
以及用來代替眼睛的望遠鏡
充滿好奇。

那個划皮艇的人類放慢了速度，
奧德潛入水中，
來到距離那個人類很近的地方，
近到可以看見那人的牙齒，
以及聞到他使勁的氣味。

小心翼翼

奧德！
是凱莉在叫她，
非常急切的在叫她。
凱莉總是那麼掃興，
總是那麼小心翼翼。

奧德！
凱莉又叫了一次。
保持距離！

划皮艇的人發出了聲音——
奧德覺得那是友善的聲音。
（奧德也曾聽過
人類發出
不友善的聲音。）

儘管如此，
她還是依著凱莉的提醒，
划動她的尾巴，
離開了人類的視線範圍。

責備

抱歉。
奧德對凱莉說。
有時候我會忘了
應該要小心一點。

凱莉慵懶的划了一圈。
總有一天，
他們會把妳關進籠子裡，
到時候我就再也見不到妳了。
總有一天，
妳會被人類
永遠留在海沃特。

妳想太多了，凱莉。
奧德說。

妳為什麼要
那麼
靠近人類？
凱莉問。

我只是好奇。
奧德回答。

別忘了，
他們曾經幫過我一次。

奧德把頭潛入水中，
然後又浮出水面，甩甩頭，
水珠在陽光下閃耀。

海沃特

坐落於海灣邊的
那棟水族館，
海獺都稱它為「海沃特」。

假如你住在大海，
你會覺得那個地方很堅固，
而且陸地多過水域，
天空多過海洋。

那裡有很棒的工作人員，
以及最頂級的食物，
而且嚴格規定：
掠食者與獵物分開住，
中間隔著厚厚的玻璃牆。

如果考量各種條件，
那裡似乎是不錯的住處。
只不過住進去之後，
要出來可沒那麼簡單。

麻煩製造者

奧德曾經
惹過一些麻煩。
她對人類很有好感——
倘若衡量她的成長經歷，
以及她被教導的方式，
這點其實不難理解。

即便她三不五時
就跑去碼頭或河口沙洲
東張西望，
即便她用鼻子推推戴水肺的潛水員
打聲招呼，
即便她試圖跳到
皮艇或獨木舟上
好更加了解人類——
這麼做難道有錯嗎？

是的。
其他的海獺說。
凱莉也這麼說。
因為當奧德表現得太熱情時，
曾經有些人類
設了陷阱捕捉她，

將她帶離險境，
移至平靜的水域
（這已經發生過八次，未來還會繼續發生），
所以，或許
這些朋友說得沒錯。

慈母般的叮嚀

奧德已經不太記得
她的母親。
海獺寶寶會在海獺媽媽身邊
待五個月左右，
最久會待一年。
只不過奧德沒有
這麼幸運。

儘管如此，她確實還記得
她的母親曾經
再三重複的叮嚀：
遠離鯊魚
遠離人類
遠離妳不了解的
一切。

那個時候，
奧德還不知道什麼是人類，
也沒看過鯊魚，
可是她已經學會仰躺浮在水面上。
我的女兒，
要小心這世界。
至於現在，
凱莉就像奧德的母親一樣叮嚀著她。

夠快，夠慢

那隻鯊魚在泥潭入口附近
遲疑了片刻。

他聞到海獺的氣味，
但是還沒看到海獺的蹤影。
起碼暫時還沒看到。
因為他的視力
比不上他
卓越的嗅覺。

海獺很誘人，
因為有飽滿的鮮血，
而且對於還像樣的獵物來說，
海獺的動作夠快。
對於可以輕易飽餐一頓的食物來說，
海獺的動作夠慢。

說個故事給我聽

要不要和我比賽游泳到深水區？
奧德問。
她望著泥潭通往
遠方的深邃海灣處說。

我累了。
凱莉說。
我不想比賽。
妳說個故事給我聽吧。

妳只是想要
轉移我的注意力。
奧德回答。

妳真了解我。
凱莉說。

可怕的故事

再告訴我一次那個五十隻海獺的故事。
凱莉說。
因為那個故事很可怕，
我最喜歡可怕的故事了。
至少在晴空萬里
且風平浪靜的時候聽很棒。

奧德又搖又跳。
可是大家都知道那個故事啊。
她說。
她說得沒錯：
五十隻海獺的故事，
就是每一隻海獺的故事。

突然間，
凱莉似乎抖了一下，
她的眼神變得呆滯放空。

凱莉？
奧德問。
妳還好嗎？

凱莉眨眨眼睛，
搖搖頭。

我沒事。
只是有點累。

奧德有些疑慮。
過去這幾天，
凱莉好像有點不太對勁，
她變得很遲鈍，
而且心不在焉。

妳真的沒事嗎？
妳還記得艾瑪雅
罹患了顫抖症嗎？

我沒事。
凱莉堅定的表示。
請告訴我五十隻海獺的故事。

奧德潛入水中，
然後以螺旋狀的方式
浮出水面。

五十隻海獺的故事。
她開始說。
凱莉緊握前爪
靜靜的聆聽。

五十隻海獺的故事

從前，
在很久以前，
整片海洋都是我們
海獺的天下。
奧德說。
可是後來發生了變化。
一直到不久之前，
海裡只剩下五十隻海獺。
這就是我們僅存的數量。

是因為鯊魚的緣故。
凱莉打斷奧德。

也不盡然。
奧德扭轉身體，快速的轉著圈。
那個時候不是因為鯊魚。

是因為生病的緣故。
凱莉說。

有一些海獺是因為生病。
奧德又旋轉一圈，又翻滾一次。
但是大部分的海獺

是後來才生病的。

那麼到底是為什麼呢？
凱莉問。

奧德看了位於遠處的
那個划皮艇的人類一眼，
皮艇現在已經變成一個小點，
小到像是
一隻白鷺，
或一隻長嘴沼澤鷸鶇。

是因為人類。
奧德說。
她說完之後
就鑽進大海的波浪裡。

深潛

海獺可以在水底
待六、七分鐘。
奧德經常這麼做。

這麼做很有趣。

可以製造懸疑感。

故事結束

當奧德又鑽出水面
回到陽光下和空氣中，
她的朋友已經等得有點不耐煩。
把剩下的故事告訴我。
凱莉說。
凱莉依然以仰姿漂浮在海面上。

故事就只有這樣。
奧德翻了一個筋斗。
只剩下五十隻海獺。
不過現在變多一些了，
大概有三千隻海獺。

我們也在那三千隻之中嗎？
凱莉問。

對，我們都在那三千隻之中。
所有的海獺都是來自
當初剩下的那五十隻。

奧德揉揉鼻子。
故事結束。

我比較喜歡
妳上次說這個故事的方式。
凱莉抱怨道。

故事會有變化。
奧德表示。
接著她從凱莉身旁呼嘯而過。
親愛的朋友,
我們現在應該去
找點早餐來吃了。

看見

鯊魚覺得
那種吸引人的氣味
變強烈了。

他的目標就在他的上方，
漂浮於海面上。
修長的黑色輪廓，
帶蹼的雙腳，
還有肌肉發達的尾巴。

他以前曾經看過這種生物，
可是從未這麼近距離的看。
她們看起來婀娜多姿，
但不像鰻魚那麼光滑，
也不像鯖魚或鰩魚那樣
微微發光。

海獅的體型
不是應該再大一點嗎？
或許這些是年幼的海獅，
甚至可能是海獅寶寶。

她們移動的速度超乎意料的迅捷，

而且動作優雅。
不過跟他相比，
她們還差得遠了。

其中一隻動作比較慢，
他可以將目標鎖定在那隻身上。
不必多耗費
額外的精力
（但如果能夠一次吃兩隻，
那可就是豐盛的大餐了）。

他覺得
強烈的飢餓感
正向他襲來。

鯊魚鰭

再游遠一點，奧德說。
誘人的海灣像一首狂野的歌
呼喚著她。

凱莉在奧德身邊。
奧德，拜託。
她說。
我們回頭吧。
奧德聽得出凱莉的恐懼。
我們已經游太遠了。

當風吹起時，
陽光在波浪上閃耀著光芒。
這時奧德看見了那個東西，
她心頭微微一震：

那是
大白鯊的背鰭。
那個東西閃著微光，
悄悄的滑向她們，
看起來甚至十分美麗。

速度

鯊魚只需要擺動幾下強壯的尾巴，
就能夠趕上她們，輕而易舉。

有時候他甚至
會被自己的速度嚇到。

追逐

奧德發出
高音頻的叫聲，
但凱莉根本不需要奧德的警告，
她已經在水中劇烈翻攪，
奧德從她朋友的眼中
看見驚恐。
兩隻海獺以她們
前所未見的速度逃命，
可是鯊魚已經鎖定她們。
奧德可以感覺到
鯊魚將海浪
一分為二，
她可以聞到
鯊魚的飢餓。

回頭

奧德知道
這都是她造成的。
因為她的粗心大意、
她的頑固，
還有她過度旺盛的
好奇心。

她聽見一聲悶悶的哭喊，
轉頭一看，
發現鯊魚已經咬住
她朋友的尾巴，
海水中頓時充滿
鮮血的氣味。

成年的鯊魚
在這種時刻可以
張開口吞掉她們兩個，
但這隻鯊魚一定還很年輕，
經驗不足，或者不知道該怎麼做。

凱莉的速度慢了下來。
奧德現在
只有一件事能做。

於是奧德轉身，
回頭，
從她受傷的朋友身旁
游過，
筆直的朝著
那排鋸齒狀的牙齒
以及那雙冷酷的眼睛
猛力撲去。

困惑

雖然只咬了一小口，
可是鮮血的味道
讓鯊魚變得更大膽放肆。
儘管他有點懷疑自己是否搞錯了——
因為口感不太對，或許——
然而已經太遲了，
他現在只想完全依照
蠻勁與本能去做。

當他往前游近並準備撲殺時，
突然感覺有個東西衝來，
那個東西急促的翻動、扭轉，
在水中製造出許多泡泡，
還帶著明顯的恐懼感。

那個東西鑽到他下方、
他身後，
撞擊他的身側——
這怎麼可能？但是
那個東西正是——
他的獵物之一，
是那隻沒被他咬住的獵物，
他的另一隻獵物——

正猛力撞擊他。

這怎麼可能？
他從未遇過
這樣的事情。
他試著專注在
受傷的那隻獵物身上，
因為那隻動作緩慢的獵物
正準備逃走，
可是另外一隻
發了狂的獵物，
——無論她是哪種生物——
害得他無法繼續追殺。

受困

於是他
改變目標
轉身
面向她
並且將他的
嘴巴張開
張大的嘴巴
等待著
然後閉上
閉攏的嘴巴
用力的
將她
囚禁在
他的嘴裡
因為
那裡才是
她真正的歸屬。

超越

她當然覺得很痛，
但這種處境是她沒遇過的。
一種全然黑暗的空間，
超越了疼痛，
也超越了她的理解。

糟糕

鯊魚馬上就知道
這個決定是錯誤的，
而且錯得離譜。
因此他將嘴巴
張開，
並且
甩甩頭，
讓他的獵物
重獲自由。

這種生物毛茸茸的而且都是骨頭——
毛真的太多了！——
根本沒有一點
鯨脂。
相較之下，
魟魚美味多了，
就連鮋魚都比她可口。

這絕對不是海獅，
他可以肯定這一點。
這個獵物嘗起來真的很噁心。
雖然他因此
掉了幾顆牙，

但是無所謂。
反正新的牙齒
會再長出來。

不管怎麼說，
真的白白浪費時間。
但是幸好
這次丟臉的行動
沒有被
其他鯊魚看見。

海灘

或許她在游泳，
或許她在做夢，
不然她怎麼可能
以這種方式移動。
忽動忽停，
充滿不確定。

而且還帶著一股
死亡即將到來的氣息。

凱莉好像正在某處
呼喚著她──
這邊，這邊，這邊！
這種頭昏眼花的感覺，
讓疼痛變得麻木，
使疼痛就像是
與她無關。

年長海獺的智慧建言
有如泡泡般
一點一滴冒了出來──
快往岸邊游去，
水中的鮮血就像給鯊魚的邀請函，

動作要盡量放輕，
以保存體力──
於是她努力的
往位於附近的沙灘
游去。

這是她的想像，
還是她真的馬上
就在陸地上
找到了救星？

拖上岸

這種動作叫作「拖上岸」，
確實，這是拖曳的動作。
當你原本屬於海洋世界，
卻得將重達四十五磅的身體
搖搖晃晃的往岸上移動。

儘管奧德的肚子上有一道傷口，
而且她的鮮血已漸漸流乾，
希望也慢慢消失，
但她還是做到了。
或許是因為她知道
自己以前也做過這樣的舉動，

一隻海鷗在距離她幾英寸之處停下來，
用喙梳理著羽毛，
盤算著自己有沒有機會
可以從眼前這一團亂
得到一點好處。

奧德眨眨眼睛。
太陽如此美好，
如此善良──
假如死在夜裡，

那會有多慘！

她沒有埋怨海鷗，
甚至沒有埋怨
鯊魚。

她已經見識到
生命就是如此，
死亡又是如何到來。

撤退

鯊魚撤退到
海裡更深的地方。
他學聰明了，
可是肚子依舊很餓，
而且他身上還帶著一點
剛才那個獵物的氣味。

如何拯救擱淺的海獺

要十分謹慎。
海獺的親戚河獺
可以在陸地與水中自由來去，
就像在海邊玩水的孩子，
但是海獺比較喜歡
待在海裡。

如果你在人來人往的海灘上看見擱淺的海獺，
請你保持距離。
因為那隻海獺可能只是因為好奇而上岸，
或者只是想喘口氣，
或者可能生病了或受傷了，
抑或因為飢餓而身體虛弱。

每個人都會想要
摸一摸海獺——
因為他們的毛皮充滿傳奇，
而且他們宛如小狗寶寶般可愛的眼睛
像磁鐵一樣吸引人。
但是請你記得：
他們的牙齒
像鋼鐵打造的陷阱一樣可怕。
你應該趕快打電話

給知道如何幫助他們的人，
或至少聯絡那些知道哪些事情不該做的人。
不要讓狗狗靠近海獺，
並且勸阻那些
企圖接近海獺的人。
因為那些人可能不知道，
當你們在等待
救援的時候，
可能也會
發生危險。

聲音

奧德的眼睛
無法張開了，
她的頭也不會動了，
她唯一能做的就是呼吸，
而且每次呼吸都很痛。
但是她還可以，至少還可以
聽得見聲音。

她似乎已經引起
極大的騷動。
聲音有如波濤般湧來，
人潮四處攢動，
觀光客全都靠了過來，
拿著相機不停拍攝。
海鷗也湊過來嘰嘰喳喳，
享受此刻的混亂，
因為混亂就表示
食物會掉到地上——
也許是薯條，
或者是冰淇淋甜筒。
狗群發出嘶啞的吠叫，
嬰兒也開始嚎哭。
海浪拍打著沙灘，

彷彿對著奧德
輕輕耳語：

放手吧，放手吧，放手吧。

救援抵達

最後當救援抵達時，
奧德認出其中一些聲音，
讓她的心揪了一下，
感到既放鬆又懊悔。

她即將回到那裡。

她失敗了，
或許這一次
已經太遲，或許
她在抵達那裡之前
就會死去。
（她已經有過一次機會，
一次重大的機會。）

不管怎麼說，她已接受
自己的命運。只要凱莉能夠平安無事，
這樣就夠了。
至少如此。

那雙手十分溫柔，
手套的觸感也很熟悉。
哈囉，老朋友。

有人這樣對她說，
儘管她聽不懂
那種語言，
而且可能永遠都聽不懂。
她的心中
滿是
悲傷
與失望。

鬼魂

他們小心翼翼的移動她，
即使她想抵抗，
也因為身體太虛弱而無力反抗。
她的腹部有
兩道深深的半月形鯊魚咬痕，
使她陷入無助。

籠子裡有一種
不自然的消毒水味，
可是她很熟悉這個氣味，
甚至想念起那些舊毛巾
粗糙的舒適感。

籠子裡還有流連的鬼魂——
和奧德一樣的海獺
也曾被關在這個籠子裡，
從四四方方的金屬牢籠裡往外看，
搞不清楚這究竟是他們故事的結局，
或者是開端。

旅程

籠子斷斷續續的
移動，
時間也像慵懶的溪流
緩緩經過。

世界消失了一會兒，
直到一扇門打開了，
傳來她熟悉的氣味，
海沃特的氣味。
這氣味幾乎和海洋一模一樣，
幾乎就像真的。

她回到了她的來處，
回到她受教育的地方。

她回到了開始學習
如何成為海獺的地方。

看診紀錄

以下是幾項看診紀錄：

收治日期：三月二日上午八點十分
年齡：三歲四個月（大約）
患者：第一五六號
是否曾來就醫：是
性別：雌性
物種：海獺
救援地點：州立苔蘚登陸海灘南岸
救援時間：上午七點四十分——僅有一隻海獺擱淺，
　　　　　　未發現其他海獺
體重：二十點四公斤
體長：一百二十公分
診斷：撕裂傷，可能遭到鯊魚攻擊

有許多疑問未能解答。

這一次

預後不佳
但是那名工作人員──
那些人類被稱為「水族館館員」──
希望她這一次能平安無事。
（他們總是如此期盼。）
當然，有些時候
他們是正確的。

比起十年前，
甚至五年前，
一切都進步了。
他們現在懂很多，
抗生素也比較有效。
而且他們會調整處方，
還有手術計畫，
和復健計畫。

既然他們知道手術會有風險，
也已經做過那麼多次，
為什麼每次手術失敗時，
他們仍會感到錐心的刺痛？

為什麼他們還

一直在診間徘徊，
並拿出口袋裡的紙巾拭淚？
為什麼他們的眼淚
仍像海浪般不斷湧現？

手術

這是一間不尋常的急診室，
空間狹小但是設備齊全。
這裡有各式各樣的病患：
企鵝和海月水母，
海獅和章魚，
綠蠵龜和圓鰭魚。

海洋可能發生
很多事情：

　　　與船相撞，
　　　　　因為污染而生病，
　　　　　　　沾染外漏的汽油，
　　　　　被釣魚線纏住。

吞下塑膠垃圾，

　　　　　還有一些音節很長的
　　　　　疾病名稱：
　　　　棘頭蟲腹膜炎，
　　　　　弓形蟲
　　　　　腦炎。

當然，被鯊魚咬傷也是進入這個急診室的原因之一——
最近這種情況發生得比較頻繁，原因很多。
可能是因為海洋暖化，
可能是因為海獺喜歡藏身的
海草林面積變小，
可能是象鼻海豹
（鯊魚最愛的食物）
與海獺比鄰而居。

這一切都提醒著我們
要抱持希望。

謙卑的抱持希望。

後續

手術進行了好幾個小時——
因為鯊魚的利齒宛如剃刀——
但最後奧德終於被移入
另一個小房間。
（這個水族館總是
擠滿了人潮。）

人類將持續觀察奧德，
日日夜夜、時時刻刻，
並提供她水分與抗生素，
測量她的呼吸
以及心跳。

接下來的日子
將會十分漫長。
那些人類搖搖頭，
低聲表示擔心。

由於奧德的同類
所剩不多，
因此那些人類
想要
從她身上
學習許多知識。

神智不清

奧德處於一種恍惚狀態，
不是完全清醒，但也沒有昏迷。
她的記憶
像海上的龍捲風不停旋轉。

或許結局將至，
她回想起
自己故事的開端。
當時她是剛出生的海獺寶寶，
體重只有三磅，毛皮柔細，
體型嬌小，
放進鞋盒或者玩沙的小水桶裡，
都還有多餘的空間。

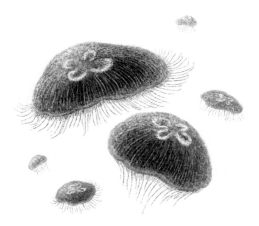

第二章

如何當個海獺寶寶

三年前

第一天

當奧德的母親奧亭
生下她的時候，
她就像是
一個充氣玩具。
她那迷人的毛皮，
讓她可以像軟木塞一般
浮在水面上。

海獺寶寶沒入水中之後，
會再次浮出水面，
像個毛茸茸的氣球。

海獺寶寶的生活

奧德是她母親的第三個寶寶
（卻是第一個存活下來的）。
奧亭知道應該如何照顧寶寶，
她知道必須時時刻刻
將奧德放在
她的肚子上，
緊緊保護著她的寶寶。

就像抱著一個有心跳的枕頭。

奧德會
喝水和睡覺
　　睡覺和喝水
　　　　喝水和睡覺——
海獺寶寶的生活很簡單，
與海獺媽媽不同。

（別問海獺爸爸去了哪裡。
因為海獺爸爸
並不是
模範父親。）

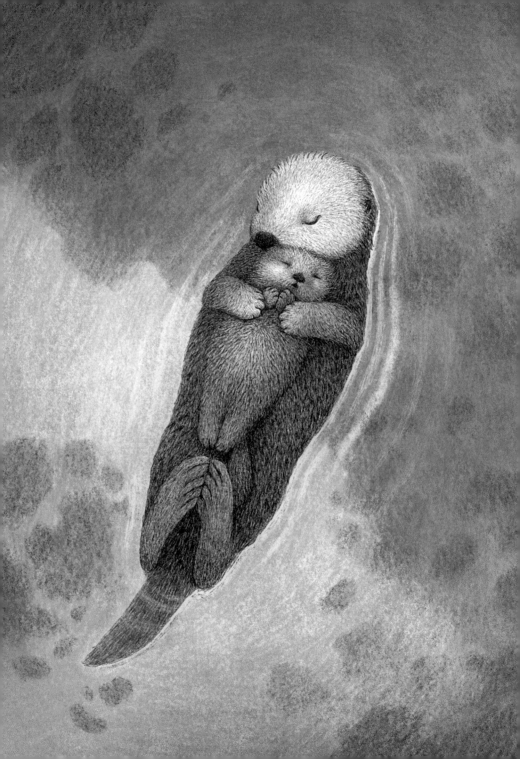

繫著

奧亭必須先將奧德
安穩的繫在長長的海草上，
然後才能潛入海中覓食。

就像用皮帶綁著小狗，
或者以韁繩勒著小馬，
將奧德繫在海草上，
可以確保她在如搖籃般的海浪中
安全的留在原處。

儘管如此，
還是有很多海獺寶寶不見了。

他們就像海灘球一樣
被海浪沖走。

海獺的毛皮沙龍

奧亭無視自己的健康狀況，
全心全意的
照顧奧德。
這意味著
她在海獺的毛皮沙龍
花了很多時間。

奧德身上的寶寶絨毛，
很快就會換成
這世界上最溫暖的毛皮──
每平方英寸的毛量超過一百萬根，
宛如奇蹟。
不過海獺還得靠空氣泡泡
才能使他們的毛皮
臻至完美，
變得不可思議的溫暖與乾燥。

刷洗毛皮的過程包括
鬆開毛皮和吹拂毛皮，
　　撥弄毛皮和分散毛皮，
梳理毛皮和舔舐毛皮，
　　整理毛皮和裝飾毛皮，
以及清潔再清潔，

不斷的清潔毛皮。

這可不是為了愛慕虛榮。
對海獺而言，
這攸關著生與死。

因為大海雖是家園，
也是一個
冷酷之境。

完美

海獺不太在意
人類怎麼稱呼他們。
因為生存才是最重要的事,
名字根本無關緊要。

儘管如此,
在經過幾個星期之後,
這隻不停蠕動身體、不停吱吱叫的海獺寶寶,
被取了一個最適合她且最完美的名字:「奧德」。
她總是靜不下來,
只要乖了一會兒,
就會抬起她毛茸茸的小頭,
看著下一波海浪
會帶來哪些
有趣的玩意兒。

第二十八天

經過一個月，
奧德已經成長茁壯許多，
奧亭也可以喘一口氣了。

別的海獺寶寶
是不是也這麼好動呢？
奧德在睡覺時，
即使被母親緊緊抱著，
依然會躁動不安，
前爪在做夢時動來動去。
她又小又軟的前爪，
就像幼童所戴的手套。

好多事情要學

奧亭自己並沒有
吃東西，
有時候她會因此覺得累，
不過至少還能夠
繼續分泌乳汁。

不久後，奧德就必須學習好多事情：
什麼時候應該潛水覓食、
什麼地方有螃蟹出沒，
以及要如何吃海膽。
奧亭還會教她
一項重要的技能：
利用石頭來吃東西。
需要敲開
螃蟹或貽貝堅硬的外殼時，
石頭可以幫你節省許多時間！

對於疲憊的奧亭而言，
她已經迫不及待想教導奧德這些事情。

使用工具

海獺利用石頭來吃東西的行為，
人類稱之為「使用工具」，
他們非常讚賞海獺這樣的巧思。

就像黑猩猩和烏鴉、
章魚和大象一樣，
海獺在演化上
也已經有
相當程度的進展。
人類每天
都會發現又有物種
遠比他們想像得
聰明。

應該害怕什麼

比起其他海洋哺乳動物，
海獺寶寶待在母親身邊的時間
更為長久。
然而，他們一出生就有牙齒，
而且等他們一換掉身上的
寶寶絨毛，
就可以開始游泳。
他們成長的進度，
遠比人類的小孩迅速。

奧亭現在已經準備
與她的寶寶分享
她所能教導的最重要一課：
應該害怕什麼——
儘管她不確定
奧德到底有沒有聽進去。

學習如何生存
永遠不會太早。
因此奧亭時時刻刻
提醒著奧德：
遠離鯊魚。
遠離人類。

遠離妳不了解的
一切。

教導一個這麼小的海獺寶寶
將生命花費在
擔心害怕上
感覺似乎不太對。

但是奧亭必須
這麼做，
尤其是對於
奧德這種
漫不經心又難以駕馭的海獺寶寶。

第三十二天

某天早上
奧亭在不穩定的風中醒來。
周圍的環境好像有一點不對勁，
感覺有一場暴風雨即將到來。

她將奧德緊緊的——非常緊——
綁在她最喜歡的海草上。
然後迅速潛入海中
去捕食海膽，
以驅走她的飢餓。

暴風雨過後，
被風吹開的沙可能會露出一些新食物。

奧亭看了她的寶寶
最後一眼。
奧德一如往常，
因為被母親拋下而
氣呼呼的發出尖叫。
奧亭努力想擺脫
心中的不安。

也許是因為

她昨晚做的夢，
也許是因為暴風雨將至，
才讓她感到如此緊張。

應該是這樣吧。

海獺的夢

人類羨慕海獺
可以睡在水面上，
將前爪相扣，
像睡蓮漂浮的葉子般無拘無束。

不過海獺不只會睡覺，
他們和其他哺乳動物一樣，
也會做夢：

他們會做飛翔的夢，
在夢中像老鷹一樣乘風翱翔。

他們也會做可怕的夢，
在夢中他們的毛皮全消失了。

他們還會做焦躁的夢，
在夢中他們打不開貽貝的殼，
以致他們像人類的學生在忘記衣物櫃的密碼時
那麼心煩意亂。

新生兒

奧亭昨晚夢見
一隻剛出生的、很依賴的、吱吱叫的海獺寶寶,
但那個寶寶不是奧德。

奧德也在這個夢裡——
而且她已經長大了——
奧德不是那個海獺寶寶的
母親、姊姊或阿姨,
可是她對那個海獺寶寶而言
具有一定的重要性。

奧德在夢中不停的往深海潛去,
以便擺脫那個海獺寶寶的依賴——
那個寶寶的無助把奧德嚇壞了。
奧德潛到
她憋不住氣時,
才會像火箭一樣衝出海面,
可是她發現那個海獺寶寶還在原處,
吵著要她照顧。

奧德潛入深海中
　　　十幾次,
然後又浮出海面

十幾次，
而那個海獺寶寶
　　始終等著她。

我沒辦法。奧德不斷的說著。
我不知道要如何教她。

在這個過程中，
奧亭卻只能

在一旁觀看。

只是一場夢

一場夢。

那只是一場夢。
奧亭在準備潛入深海的時候
這樣對自己說。

風

奧德的母親離開
去找食物，
奧德再一次被迫留下來等待，
讓她覺得既煩躁又討厭。

今天的風很不正常，
她不喜歡
風一直欺負大海的感覺。

每一次她的母親
留她獨處，
她都覺得很糟。
如果你問奧德
（或者任何一個海獺寶寶），
他們都會告訴你：
生活中應該充滿溫暖、母奶、
擁抱與玩樂
這些東西都必須隨傳隨到，
二十四小時待命。

奧德提醒自己
她的母親馬上就會回來，
帶著海底世界的氣味，

以大大的擁抱
取代綁著她的海草。

不同

奧德很習慣
持續的動來動去。
因為潮水受到月亮的影響，
總是不停的來來往往。

然而今天的感覺不同，
海浪變得十分洶湧，
將奧德
拋過來甩過去，
毫無憐惜之意，
害得她又咳又喘。

那種感覺就像是
大海在對她
生氣。
然而那怎麼
可能呢？

雨

雨下得很大，
閃電劃過天空，
把奧德嚇得大叫。
然而海水猛烈的衝激，
白浪也持續翻騰，
將她的叫聲淹沒。

媽媽去哪裡了？
媽媽離開了，
萬一
她永遠不回來了怎麼辦？

隨風而去

保護奧德的
綠色安全帶，
在拉拉扯扯的情況下
鬆開了。

可是沒有人聽到她的叫聲。

大海終於
丟棄了奧德，
她不再
漂浮於
搖搖晃晃的
水狀軟墊上。

她被沖到一個
又冷又硬的地方，
那裡所有的一切，一切的一切

都靜止了。

等待

奧德在發抖，
她喘著氣且哭個不停。
她希望能聽見母親回來的聲音，
並等待母親用前爪緊緊抱住她，
讓她聞到安全的氣味。

雨勢已經變小，
可是大海到哪裡去了？

這個表面粗糙又靜止不動的地方
到底是哪裡？

太靠近

　　一陣刺耳的聲音傳來，
　　完全不像鳥叫聲——
　　不是海鷗或燕鷗，
　　也不是鵜鶘。

　　還有一些奧德沒聞過的氣味也出現了。
　　那不是她熟悉的海洋世界的氣味，
　　而且那些氣味實在
　　太靠近了。

陰影

巨大的陰影向她逼近，
那陰影來自一種身材高大而且沒有尾巴的動物。
那種動物的前爪與蹼都太長了，
看起來很醜。
她隨即感覺到自己被觸摸了，
不是來自母親。
那種觸摸既不輕柔也不靈巧，
可是沒有造成她疼痛。
她被緊緊抓住，
使她離開了那片
大海將她沖至的
堅硬場所。

她發出嘶嘶聲和咆哮聲，
並且全身亂動，
試圖掙扎
以獲得自由。

可是抓住她的那種動物
十分強壯，
而她
還很嬌弱。

新的地方

她感覺到自己在移動，
但不是海浪造成的彈跳。
她還聽到了更多
從未聽過的聲音。

她到了一個新的地方，
空氣變得完全不同，
既冷又乾，
沒有海洋的溼氣。

她被輕輕放開，
然後被放到一張
與她母親截然不同的粗糙毛皮上。
剛才抓住她的那種動物靠過來，
傾身接近她。
她想掙扎，
可是動彈不得。
她試著尖叫，
可是沒人聽見。

她在哪裡

過了一會兒，
奧德放棄了
嘗試抵抗。
少了環繞在她身旁的海浪
以及她母親溫柔的觸碰，
奧德的腦子只能想著：

她在哪裡
她在哪裡
她在哪裡

最後
她終於累壞了，
因而
進入了無夢的睡眠。

謎題

隔天，奧德覺得自己變強壯了些。
那些動物
一直沒離開她，
不停餵食她和照顧她、
測量她和檢驗她，
宛如她是一道
他們需要破解的謎題。

他們把她放在一個
裝了海水的箱子裡。
箱子的長度夠長，
可以讓她游一會兒泳，
而且寬度夠寬，
可以讓她扭轉身體及在水中旋轉。
箱子裡除了海水，
還有一小塊陸地可以供她休息。

起初奧德很怕那些動物來打擾她，
可是那些動物回來之後
用一種有小洞的橡膠物
提供她溫熱的食物，
讓她充滿感激。
（不過那種食物
永遠也比不上母親的乳汁。）

淹沒

奧德睡覺時，
會在夢裡
與大海搏鬥。
而且她最後總會
想起那個問題，
以致她確定
自己將被那個問題淹沒：

她在哪裡
她在哪裡
她在哪裡

回憶

奧德開始認得
那些動物的每一個，
甚至開始
有一點期待
他們到來。

反正她也沒有
別的選擇。

隨著時間流逝，
她開始越來越難回憶
來這裡之前的生活。

奧德提醒自己：
她的母親
是溫暖的源頭，
也是食物的供應者。
而且，至少曾有一段時間，
她的母親是安全的保障。

然而
她回憶的思路
已經開始凋零
飛散。

用餐時間

過了不久，
奧德已經不記得
她母親的乳汁是什麼味道。
比起那些動物每三個小時餵食她的液體，
母乳可能更為綿密，
或者更甜，
只不過她似乎
嘗不出差別。

如果那些動物來晚了，
奧德就會發出叫聲以示抱怨，
等到她的食物終於出現時，
她又會開心的發出呼嚕聲。
那些動物也會因此輕聲低語，
聽起來像是感到寬慰。

這些聲音就宛如
某種形式的對話。

遠離家鄉的家

無論這個奇怪的地方是哪裡，
它已經變成了奧德的家，
一個遠離家鄉的家。

照顧她的那些動物
相當神祕，
他們的前爪有粗短的觸角，
他們的身體幾乎光禿無毛，
而且他們的喉音
讓她聽了不舒服。

儘管如此，她無法否認
他們的仁慈。
而且他們似乎
基於某種未知的理由，
希望她
活下去。

不是海獺

奧德覺得
那些有著奇怪前爪與
令人困惑的噪音的動物
其實並不壞。

雖然他們所做的一切
都做得不對，
可是已經夠好了。

他們不是海獺。
不過他們顯然
努力想成為海獺。

味道

奧德第一次聞到那個氣味時，
還以為自己在做夢。

那些照顧她並讓她恢復健康的動物，
總是帶著一絲絲來自其他地方的氣味。
有時候是大海的濃鹽水味，
有時候是新鮮空氣的特殊氣息。
然而她不時會認出一種氣味，
那種氣味有一點像……她自己。

那是海獺的氣味，強烈且令人安心，
可是她在這裡沒看到其他海獺。

這實在相當神祕。
不過，
這種新生活的一切
本來就很神祕。

游泳課

在一天之中，
那些動物的其中一個會多次將奧德抱出水箱，
把她帶到一個較大的圓形水池，
在那個圓形水池的上方看得到天空和太陽，
而且風中帶著鹹味。
當她仰躺浮在水面上時，
他們會拉著她的蹼，
讓她的蹼做出橫向八字型的動作。

奧德有時候會
用前爪抓著那種動物的前爪，
重複的緩慢巡行。
她就這樣在小小的波浪中
來來回回，來來回回。

奧德每一次去到那個圓形水池時，
都會覺得自己屬於大海，
而大海也屬於她。

不可能

當她開開心心的在水池裡游泳時，
那些動物會小心的看顧她，
並且用他們奇怪的前爪拍掌、
將他們的牙齒露出來，
還發出帶著呼吸聲的噪音。
奧德總是好奇
這些舉動代表什麼意思。

那些巨大又笨拙的動物，
實在難以理解。
她必須一直小心的看著他們，
才有辦法看出他們的習慣。
也許等她更加了解他們，
就能夠從他們那裡
得到需要的東西。

也許她可以找到
重返野外生活的方式，
儘管她已經不太確定
野外生活到底是什麼樣子。

她的母親
還在等她嗎？

或者已經搬遷到
新的地方，
並且有了新的寶寶？

學習

雖然奧德仍在學習
適應新的環境，
照顧她的那些動物也同樣在學習。

這不是他們第一次
教導海獺寶寶如何生存，
也不會是最後一次。
他們的計畫很簡單，
起碼從書面上看來很簡單：
讓第一五六號在人類的協助下
探索海洋，
直到她可以
獨自重返野外生活。

儘管如此，
他們仍因為一些問題而
輾轉難眠。

第一五六號在重回自由的過程中
需要學習哪些技能？

光靠本能就足以
引領她生存下去嗎？

要如何將一隻被關著且無力照顧自己的海獺寶寶
變成有能力適應野外生活的成年海獺？

他們多希望能夠擁有一本手冊，手冊名稱為
《如何教導海獺寶寶》
《如何成為海獺寶寶》

看來他們必須
靠著自己寫一本。

難解之謎

還有另外一個問題，
一個難以解答的問題：
第一五六號的母親
到底發生了什麼事？

他們發現第一五六號之後，
就一直努力尋找她的母親，
可是海獺寶寶和他們的母親
經常被洶湧的海浪
狠心拆散。
有時候，在人類的幫助下，
他們可以再次團聚，
然而當擱淺的海獺寶寶
有了生命危險，
救援者不能浪費任何一點時間。

如今他們又
再次扮演
他們永遠無法成為的角色：
海獺媽媽。

拱心石 [5]

人們通常會問他們：
為什麼要那麼努力的
營救一隻小小的海獺？

只要看看以前的老舊建築，
就可以回答這個問題了。
看一看拱門，
看一看圓頂的天花板，
有沒有看見放在最上面的那個
楔形石？

那叫作拱心石，
少了拱心石，其他部分就會垮掉，
就像積木磚塔或者是
紙牌屋。

關鍵物種
也一樣——
海狸、狼、
草原土撥鼠、蜜蜂、

5　譯注：拱心石為放置在拱門頂端中央的石頭，能將整個拱門鎖在一
　　起。

沙漠陸龜、海獺——
他們都是大自然的黏著劑，
將棲息地的動物凝聚在一起。

如果少了海獺，
那些顏色像瘀傷一樣紫紅的海膽，
將會吃光所有海草，
使海底變成
一片貧瘠的荒地。
但如果有足夠的海獺，
就可以吃掉足夠的海膽，
確保一切安好，
讓拱門屹立不搖。

這聽起來很簡單，
就像
將積木堆疊成高塔一樣，
我們都知道
其實很容易倒塌。

樂趣

因此他們持續努力，
假裝成海獺媽媽，
盡可能讓第一五六號
快樂的活著。

幸運的是，
逗海獺寶寶開心並不難，
而且他們有很多法寶：

貝殼
                   和海藻
    海膽
              和石頭。

他們的座右銘很簡單：
凡屬於
野生海獺世界裡的東西，
就值得拿來嘗試。

洗車布海草

住在水族館裡的那幾隻海獺
再也無法回到野外，
對他們而言，
另一種玩樂的方式
來自意想不到的地方。
水族館裡有一個展示用的大水槽，
裡面曾經種植真正的海草，
可是在裡頭嬉鬧的海獺很粗暴，
經常狂歡過頭，
因此管理水槽的工作人員必須發揮創意。

如今在水槽裡漂動的不再是活生生的海草，
而是一條條粗糙的織布──
也就是洗車場的那種
沾滿洗車劑泡沫、
從汽車擋風玻璃上滑過的粗布。

海獺接受這種粗布，
因為他們的適應力很強。
反正，
玩耍就是玩耍。

乘風破浪

水族館館員有時候會
在第一五六號的小水池
懸盪一些真正的海草，
讓她抓住海草，
將她拖著游過水池。

她很快就學會
把海草當成照顧她的保母，
就像是照顧她的母親。
她也很快就學會
如何潛入深海、
打開貽貝，
並且知道應該害怕
哪些掠食者。

要學的東西很多，
可是他們擁有的時間很少。

與人類多相處一個小時，
就意味著奧德可能會
變得更依賴人類。

她越依賴人類，
就可能越不願意
去追尋她應得的自由。

改變

對奧德而言，貝殼和石頭
以及戶外的水池
都讓她覺得開心，
固體食物的到來也令她興奮。

有一天，她的食物中
出現了一種帶有魚腥味的糊狀物。
奧德聞著那黏糊糊的誘人食物，
好奇的嘗了一口。

是大海的氣味！
每當她的母親潛水覓食回來之後，
身上的氣味
不就是這種氣味嗎？
奧德已經不記得
她母親撫摸她的感覺，
可是這種食物讓她想起了
她心裡依然記得的大海生活。

她吃到來自大海的食物了，
噢，天啊，
實在太美味了！

巧合

奧德喜歡用前爪拿著食物
把食物弄得一團亂，
那種場面就像固執的小嬰兒，
在拿到煮熟的豌豆時
所造成的亂象。

有一項趣味的巧合：
在奧德開始吃固體食物之後，
她清潔毛皮所需要的時間
似乎也變長了。

如何清潔海獺寶寶的毛皮

如何清潔海獺寶寶的毛皮？
要非常小心。

首先必須戒慎恐懼。
如果你沒做好這項工作，
下場可不只是樣子難看而已。
假如你沒做好這項工作，
海獺寶寶可能會失溫——
對海獺而言，
保持體溫是最重要的事。

要準備工具。
你需要有毛巾，
非常多毛巾，
還要有梳子，小小的梳子，
與一把吹風機，
以及無限的耐心。

最重要的是，
要心存感激，
知道自己多麼幸運，
能夠照顧這個
大自然的奇蹟，

親眼見證她發出滿意的嘆息，
並看著她舒舒服服的
蜷縮入睡。

其他的海獺

在海沃特的頭幾天，
奧德經常發現到
一些她簡單生活以外的東西——
例如空氣中瀰漫著某種氣味，
或者一些聽起來像她自己可能發出的
吱吱聲或嘶嘶聲。

雖然那些動物在接近她的時候，
她會從他們身上聞到奇妙的氣味，
而且當她靜靜躺在籠子裡的時候，
她會聽見一些奇怪的聲音，
但是她每一次都會告訴自己：
不要想像還有其他的海獺
住在這個不像家的地方。

因為盼望這種事情
有什麼意義？

里程碑

奧德在還沒換掉寶寶絨毛之前，
就已經開始上潛水課了。

起初，水族館館員將一些
已經打開的蛤蜊和貽貝
放在裝滿沙子的碗中，
然後將碗放在奧德的淺水池底部，
深度大約距離她前爪可及處一、兩英尺外。

這種催促第一五六號去
探索水底世界的方式，
似乎把可憐的她嚇壞了。

她還不知道
自己的耳朵和鼻孔
其實可以隨意關閉。

她還不清楚
海洋底部
就是最頂尖的
海獺餐廳。

潛水

潛水並不容易。
因為必須告別空氣和光線，
強迫自己的頭
伸往未知的地方。

奧德耗盡所有的力氣，
經過多次嘗試，
才說服自己的蹼、尾巴與精通水性的身體
去做她必須做的事。

開啟的貝殼
就放在水池底部，
貝殼裡面有甜美多汁的蛤蜊。

最後當她浮出水面、
把貝殼放在胸前，
並將美味的點心從它藏身處挖出來時，
那些動物（她的忠實觀眾）
再度發出那種
奧德覺得應該是表示開心的聲音。
不過她其實沒那麼在意，
因為她正忙著
大啖晚餐。

驚喜

隔天早上
又到了另一次上潛水課的時間。
但是那些動物
沒有帶奧德前往
她已經熟悉的戶外水池，
反而將她帶到
一個陌生的地方。

那裡的氣味很迷人，
而且房間裡迴盪著嘈雜聲，很多嘈雜聲——
包括水花飛濺聲、水泡聲、拍水聲，還有尖叫聲。

這是海獺的氣味嗎？
這是海獺的聲音嗎？

依奧德的個性，
她完全沒有一絲猶豫，
直接跳進了
一座裝飾得像微型海洋的
巨型水池。

池裡水面平靜、邊際清澈——
在奧德還沒搞清楚狀況之前，

她的鼻子已經撞到一面她看不見的牆──
她花了一點時間，
才游到位於水池底部的沙地。
沙地上散布著可愛的貝殼。

許多靜不下來的小生物從奧德身旁游過──
那些小生物五顏六色，讓她眼花撩亂。
（那些是魚類，
她記得母親教過她）──
池底還有假海草
搖搖擺擺的以慢動作跳著草裙舞。

但是奧德只關心一件事。
當她回到水面上時，
她得到了答案。

歡迎

小朋友，
歡迎來到這個水槽。
一隻體型碩大、
身上有銀灰色毛皮的雌性動物說。

那是一隻海獺。

包圍

兩隻年長的海獺
正向她靠近，
似乎打算用鼻子聞聞她並碰碰她，
以便確定
她和她們是同類。

雖然奧德十分好奇，
但是被這些愛管閒事的陌生海獺包圍，
讓她有點不知所措。
她想要爬出這個水槽，
回到她安全的小籠子，
回到帶她來這裡的那些動物身邊，
可是她沒辦法出去，
因為沒有坡道或便於離開的出口。

他們希望妳待在這裡，
另一隻身形較小的雌海獺向她解釋。
讓妳學習潛到水深的地方。

我已經會潛水了。
奧德說。

這句話等妳看到大海時再說吧。
那隻海獺回答。

只是個海獺寶寶

我在大海出生的。
奧德說。
她警戒的兜著圈子。

我很好奇她會不會永遠待在這裡？
另一隻海獺問。
那隻海獺有著又長又濃密的觸鬚，
蹼上有個缺口。

小可憐。
體型較小的雌海獺說。
她看起來很緊張，對她好一點。
葛蕾西，她還只是個海獺寶寶。
她將目光轉向奧德。
小朋友，妳和我們在一起很安全。

奧德往後游開，
直到她碰撞到
水槽邊緣。

他們都叫我荷莉。
身形較小的雌海獺說。
這位是葛蕾西。

我們在這裡很久了。
荷莉說。
他們覺得
我們不適合在海洋生活。

她將銀灰色的頭歪向一側。
他們說我們已經太老了，
但他們可能沒說錯。

聆聽

奧德左閃右閃，
試著與那兩隻海獺保持距離，
可是她的目光
無法離開她們。

妳是哪位？
荷莉問。

奧德過了一會兒才聽懂
對方問了她一個問題。
呃，我媽媽叫我「奧德」。
她回答。

在這裡他們怎麼稱呼妳呢？
荷莉又問。
妳只有號碼還是有名字？

我不知道。
奧德說。

如果妳將永遠待在這裡，
他們就會替妳取名字。
葛蕾西說。她的聲音

聽起來像是
吞了一堆小石頭。
相信我，
只有號碼比較好。

逃脫

奧德潛入水中並往下直衝，
在身後留下一道白沫。
她其實有很多疑問，
而這兩隻老海獺
似乎能夠為她解答。
不過，
當她們談起名字、號碼
和永遠住在這裡的話題時，
讓奧德焦慮不已。

經過這麼長的時間，
她終於見到同類，
不是應該很開心嗎？
這種焦慮實在沒道理啊。
但她此刻渴望籠子裡的平靜，
也渴望她的淺水池與五顏六色的貝殼，
以及享受美食的樂趣。

當那些動物終於
允許她爬上坡道時，
她朝著他們狂奔而去，
彷彿見到失散多年的家人。
而且在那一刻，
她真心覺得那些動物就是她的家人。

下一個階段

在那之後的每一天，
奧德都會被帶到大水槽。
很快的，
深潛變成了一種輕鬆簡單的樂事。

奧德一邊在水槽裡
上上下下的做出完美的新動作，
一邊不停的詢問那兩隻海獺
各種問題。

她們說，
她們見過像她這樣的海獺寶寶來來去去。
她到大水槽是為了練習
潛水到比較深的水底——
深過她平時所在的水池。
她們都稱那個小水池為寶寶池。

不久之後，
奧德可能就會進展到
下一個階段：
海洋。

準備好

奧德腦子裡充滿了
重回野外生活的想法，
這種想法交織著渴望與恐懼，
讓她迷亂茫然。

妳們確定嗎？
她問她們。
他們為什麼不把妳們送回去？

我們可能無法存活。
葛蕾西回答。
起碼他們是這樣認為的。
有很多原因。
有時候是因為我們的身體太虛弱，
或者太依賴這裡的生活。
她停頓了一會兒。
有時候則是因為我們雖然試圖回去，
可是大海又把我們吐回來。

如果我還沒準備好重返大海，該怎麼辦？
奧德問。
她不停轉動著身體。
如果那些動物搞錯了，該怎麼辦？

人類

那些動物？
葛蕾西重複著這個字眼，
似乎覺得有趣。

親愛的，那些動物叫作人類。
荷莉說。

妳怎麼知道？
奧德問。
她一邊玩著在水槽底部找到的
棕色波紋狀貝殼。

如果妳聽得夠久，就能學到不少東西。
葛蕾西說。
無論妳想不想學。

警告

奧德想起一段回憶，
一段在大海迷霧中的警告：
遠離鯊魚。
遠離人類。
遠離妳不了解的
一切。

她心中浮現出更多的問題，
一個接著一個：

我應該害怕人類嗎？
以及
為什麼我媽媽要這樣告誡我？
以及
鯊魚到底是什麼？

那兩隻海獺告訴奧德
海沃特也有鯊魚，
可是他們住在屬於他們自己的水槽裡。
（葛蕾西還宣稱，那些鯊魚
幾乎和海獺一樣受到遊客喜愛。）

她們說，奧德的母親只是

盡自己的本分，
教導奧德生存之道。

至於是否應該害怕人類，
情況就比較複雜了。
因為這裡的人類，起碼在海沃特裡的人類，
都很有愛心。

可是在無法越過的水池圍牆外，
那裡的人類
天知道是什麼樣子。

沒有回答

奧德始終沒有得到
她需要的所有答案。
她只去過幾次
那個大水槽，
然後就畢業了。
說到潛水，
她簡直就是超級巨星。

現在到了
驗收學習成果的時候了。

在開始之前，
那些動物——人類——
先帶她到
他們一開始照顧她的房間。

他們忙了一會兒，
最後將一個
有如蛤蜊殼般大小
而且具有彈性的東西，
繫在她的
左後蹼上。

無論她游得多快，
或者用力踢動後蹼或旋轉，
那個東西都
不會脫落。

只要奧德還能夠
不停的玩耍，
這對她而言完全沒有影響。

標記

第一五六號已經準備好了。
水族館的館員都同意。

他們在她的蹼做了標記，
讓她去磨練
她在大水槽學到的潛水技巧。
（說得好像第一五六號需要磨練似的。）

無論如何，
一個無形的時鐘
正發出嘮叨的滴答聲，
提醒他們
他們心愛的小海獺
所剩時間不多了。

外面

在一個陽光普照的早晨，
兩個人類往外走去，
其中一人將奧德抱在懷裡。
迎面而來的氣味
讓奧德相當震撼。

奧德最喜歡的人類之一，
此時包覆著具有彈性的新皮膚，
將他笨重無毛的身體遮住，
讓奧德幾乎認不出他來。

那個人類的蹼
已經變成較大的蹼仿製品——
可以肯定的是，這是一項改進，
不過那個仿製品依舊遠遠比不上奧德的腳蹼。

奧德眨眨眼睛，
發現自己已經來到
她出生的地方。
她看見海水向她迎來，
並且在退去之前
用泡沫般的手指對著她招手。
奧德扭轉身體並尖叫著發出抱怨。

他們還在等什麼？
大海就是她的歸屬。

野外

有著新皮膚與新蹼的
那個人類
將奧德抱在懷中
踏入浪裡。

奧德毫不遲疑的潛入水中。
海水既冰冷又昏暗，
撲朔迷離的海浪
將她一口吞進去。
海浪聲震耳欲聾──
大海什麼時候才會停止說話？──
奧德突然意識到那些人類犯了
一個可怕的錯誤。

她還沒準備好，
甚至
還不到接近準備好的狀態。

恐慌

奧德驚惶失措，
不停的扭動並翻轉身體。
那個假裝自己是海獺的人類
陪在奧德旁邊。
他用手輕輕撫摸她，
然後潛到海浪底下，
和奧德在相同的水流中，
用一種和奧德大致相同的方式
游泳。
（雖然他不像奧德那麼優雅。）

奧德的身體在波濤中逐漸放鬆，
她和那位假裝成海獺的老師
一同潛入更深的海中。
她已經不害怕了，
因為她的老師看起來完全不害怕。

她有那個人類可以作伴。
那個人類一路照顧她，
而且似乎認為
她可以潛得再深一點。

更多課程

奧德每天都得這樣上課，
而且每次都由那個有著怪怪蹼、
裝扮成海獺的朋友陪伴她一起上課。

時間從幾天變成了幾個星期，很快的，
她的恐懼變成了喜樂。
他們往水裡更深更遠的地方潛去。
起初她不敢離開他的身邊──
即使她看見遠處有
野生的海獺。
然而隨著時間流逝，
奧德膽子變大了，
她開始敢自己去做些冒險。

她探索了海草森林──
終於有真正的海草了！──那些植物
隨著海洋的呼吸起起伏伏，
海星和蛤蜊則像禮物般靜靜躺在海底，
等著奧德將他們逐一開啟。

奧德甚至完美的做出一種新動作，
一種以螺旋狀往下潛去、
直達海底沙地的帥氣動作：

就像是令人眼花、不停旋轉的
龍捲風。

可以教人讚嘆的時候，
何必要單純的潛水？

回去

奧德總是在
準備離開大海時
感到納悶。

他們為什麼不能
永遠待在海裡？
他們為什麼要離開
這個無邊無際的遊樂場
回到那個如此無趣又狹小的地方？
既然這裡有一大片真正的海草森林，
他們為什麼還要與那些假海草為伍？

儘管如此，奧德還是任憑那個人類帶著她，
一次又一次回到海沃特水族館。
因為他是她的老師，
是保護她安全的避風港。

那個脾氣善變的海灣
一點也不在意她的死活。

奧德的夢

某天晚上，奧德在經過一天完美的潛水之後，
夢見了一隻海獺寶寶，
一隻剛出生的雌海獺。
她以前也夢過海獺寶寶，
可是這次不一樣，
因為這次的夢境太真實了，在她心中縈繞不去。
那個海獺寶寶被困在海草結裡，
沒有辦法自由活動，而且
只有奧德聽見她
絕望的呼救聲。

奧德用盡各種方法，
以她的牙齒、她的爪子、她的身體
弄斷海草，
可是她所做的一切未能造成任何改變。

她從夢中驚醒，全身顫抖。
那個海獺寶寶的呼喊聲，
依然迴盪在她心底。

她告訴自己
這只是一場夢。

只是一場夢。

野生海獺

隔天早上，海灣的天色陰沉，
就像她平常看到的那般靜默，
平坦且灰暗。
潛水依然輕鬆──而且一如往常，
她和她的海獺老師同行：
到處都是等她拾取的海膽，
游泳也像呼吸一樣
毫不費力。

浮出水面幾次之後，
奧德發現海平面上
有一些動靜。
結果是
有兩隻海獺正在游泳。
當然，她以前看過其他的海獺──
甚至和一些海獺一起玩耍過──
雖然她總對那些海獺充滿好奇，
可是從未想過要和他們待在一起。

然而這一次，
奧德被那些海獺玩水和騰躍的方式迷住了。
她沒辦法阻止自己看著他們
旋轉與翻筋斗，

因為他們的動作

幾乎就和她自己的動作一樣令人印象深刻（但依舊比不上她）。

他們以前可能也像她一樣。

他們就是她。

離開

看見別的海獺
並不是什麼新鮮事，
但為什麼這次的感受如此不同？
她依然還是那個奧德，
被無形的絲線
與照顧她的人類緊緊相繫。

也許是因為她做的夢。

也許是因為平靜透亮的海水，
邀請她勇敢冒險一次。

也許是因為那些海獺玩水的
熱情活力——
那種她最喜歡的活動方式。

也許只是因為時候到了。

奧德的海獺老師浮出水面，
她天真的看著那個人類，
那個對於該如何成為海獺
所知甚少的人類。
然而他確實教會她不少東西。

他和其他的人類
將她從死神那裡救回來。
奧德知道
她虧欠人類很多，
但也知道自己現在必須
轉身游開。
現在就是時候，
趁她還沒改變心意。

如何與海獺道別

要充滿盼望。
她已經被做了標記，
因此你可以持續確認她的狀況。
除此之外，她是個
水中的天才。

要知道，你已經把她教得很好，
而且她為了這一刻早已做好準備。
與我們所愛的對象道別，
永遠沒有最佳時刻。

看她那顆微微發光的頭，
以及不停旋轉的身體。
看她沒入水中，
進入一個
永遠不屬於你的世界。

想像她潛水的英姿，
以及由毛茸茸的身體與海水泡泡
所形成的迷人旋風。
就在喜悅的淚水中
展露你的笑容吧。

第三章

第二○九號海獺

現在

痊癒

在獲得自由將近三年後，
奧德再次躺進海沃特水族館的籠子。
自從她遭到鯊魚攻擊，
迄今已經過了八天。

她第一次到這裡來的時候還是一隻無助的海獺寶寶，
現在則是一隻無助的成年海獺。
同一群人負責照顧她，
那些人曾經每三個小時餵她喝一次配方奶粉，
而且像個溺愛她的海獺媽媽，
細心整理她蓬亂的毛皮。

她全身都在陣陣抽痛，又痛又癢。
人類不讓她舔舐傷口，
儘管她的本能告訴她
那才是她需要的。
她又回到以前那個海獺寶寶池，
那些人類一直不斷的
拿東西戳弄她和擠壓她。

不過奧德知道
必須忍受人類的舉動。
至少這一點
是她之前花了不少工夫學到的。

懊悔

懊悔的心情
就像身體的疼痛一樣糟糕。

她怎麼會如此粗心，
竟然冒險深入海灣？
她怎麼可以害自己和可憐的凱莉
深陷危機？
難道她母親的耳提面命
都只是耳邊風嗎？

奧德答應自己，
等她再次回到大海時，
一定要改頭換面，
變得謹慎而靈敏、
成熟且無趣。
她一定不再冒險游到遠處、
不再渴望那些
令她垂涎欲滴的海灣螃蟹，
不再時時刻刻
想著去做一些
刺激的行為。

她一定不會再像從前的奧德一樣。

尋找

在奧德慢慢康復的過程中，
她在野外生活的回憶，
充滿了她漫長的每一天。

她離開她的海獺老師之後
（她認為那是一次大膽的逃脫，
不過她的老師當然沒辦法
阻止她離開），
醒著的每一刻
似乎都在尋找──
至於尋找什麼，她自己並不確定。

就某種意義而言，那其實不重要。
因為尋找就意味著必須游泳，
而游泳就意味著玩耍。
她最喜歡的事情就是玩耍。

一開始，她想尋找母親，
可是似乎沒人知道
母親到哪裡去了。
海獺媽媽會持續遷徙，
這是必然的現象。

她也想尋找朋友，
因此不久之後她身邊就有了
凱莉和其他朋友。
有時候她們會
一起漂浮在海面上，
二十幾隻甚至更多海獺，前爪彼此纏繞，
觸鬚和尾巴也舒舒服服的糾結在一起。

她還尋找鯊魚。
她看到了幾隻鯊魚，
並且知道應該保持距離。

她尋找食物，
隨時準備再多吃一口。
因為肚子餓的時候
沒有力氣玩耍。

雖然她當初
拋棄了人類，
可是她始終沒有停止
尋找更多人類。
無論多麼困難，
她一直努力著。

拜訪

奧德之前的照顧者
也在尋找她。
令她驚訝的是，
她經常看見他們
坐在一艘可笑的小船上閒蕩，
看著她
看著他們。
（他們無疑需要那艘小船，
因為他們的泳技
非常糟糕。）

有時候，當她
跟蹤某個潛水者或拜訪划皮艇的人，
或是冒險靠近某個好奇的觀光客，
她的那些老朋友就會出現，
並且帶著網子和籠子。

他們會設法
抓住她，並且
發出沉重的嘆息，翻翻白眼，
將她移動到一個
有比較多海獺
及比較少人類的地方。

這是一個沒有意義的遊戲，
她完全不懂他們為什麼要這麼做。
但她就和每一個專心致志的學生一樣，
能夠與以前的老師們
保持聯繫
總讓她相當開心。

錯誤

奧德喜歡自由自在的時光，
儘管有時候會挨餓，
有時候會孤單。
她不斷提醒自己：
要是她那時小心一點，
她現在依然可以
乘風破浪。

一隻鯊魚。
一次錯誤。

如果你住在大海，
這些就足以
永遠改變你的命運。

康復

最後人類覺得
奧德已經康復許多，
可以讓她去屋頂上那個較大的水池，
也就是看得見天空和太陽、
有明亮光線與清新空氣的那個水池。
不過奧德的身體
還沒有辦法照著她想要的方式去做。
她的肢體僵硬又笨拙，
每一個動作
都像人類一樣不優雅。

儘管如此，她終於可以去玩水了。
在美麗的水池玩水，
這才是最重要的。

變得更強壯

某天早上，
奧德被帶到一個新的地方。

當人類移動她的時候，
她聞到空氣裡的氣味，是海獺水槽的氣味！
可是還有另一種隱約的氣味，
一種讓她心跳加速的氣味。
她只能在躍入水中之後
才能去問問葛蕾西和荷莉：
這裡是不是還有另外一隻海獺？
一隻名叫凱莉的海獺？

趕上

妳好啊。
荷莉說。她和葛蕾西
在奧德身旁繞著圈游來游去，
一邊查看她的傷疤，
一邊聞她的頭。

快點把事情經過告訴我們。
葛蕾西催促著奧德。
然後荷莉不客氣的說：
孩子，
妳游得和我們一樣慢。

奧德沉默不語，
等這兩隻老海獺安靜下來。
我會告訴妳們這件事的來龍去脈。
她最後終於開口。
但是妳們必須回答我：
這裡還有另外一隻海獺嗎？

葛蕾西將前爪放在一隻耳朵上。
人類叫她特懷拉，
她說。但是我認為
她的野生名字是凱莉。

凱莉真的也在這裡。

她在什麼地方？
奧德追問。
她為什麼會在這裡？
她受傷了嗎？
奧德記得凱莉的尾巴被咬傷，
也記得水中可怕的鮮血味。
是不是因為被鯊魚咬傷？

不，親愛的。
荷莉回答。
她有顫抖症，
可是人類已經讓她的症狀減緩許多。

奧德潛入水中轉了一圈，
好讓心情平復下來。
當她再次浮出水面時，她問：
如果凱莉的症狀減緩了，為什麼
她沒有和妳們在一起？

因為海獺寶寶的緣故。
葛蕾西回答，
口吻顯得理所當然。
海獺寶寶死掉了。

特懷拉

她們將整個經過都告訴了奧德：
人類發現那隻被稱為「特懷拉」的海獺
擱淺在沙灘上，全身顫抖。
特懷拉罹患了顫抖症，
現在很多海獺似乎都染上了這種疾病。
當時沒有人發現她已經
即將臨盆。

她們告訴奧德，
特懷拉在不久之前來到這個水槽，
她們對特懷拉說，
如果人類替妳取了名字，
就表示妳將
永遠待在這裡。

有一天特懷拉生了寶寶，
一個死產的海獺寶寶。
特懷拉抱著那個死掉的寶寶，
緊緊抱著它好幾個小時。

人類只能
慢慢的、輕輕的，
將她和死掉的海獺寶寶

一起帶離水槽。

沒有人知道
特懷拉現在在什麼地方。

重返水槽

雖然離開寶寶池很棒，
再次見到兩隻老海獺也很開心，
但得知凱莉經歷了那些事，
令重返大水槽的奧德心亂如麻。

獲悉凱莉到這裡的原因並非奧德造成，
讓奧德稍微安心了一點，
但是只有一點點。
沒有辦法撫慰老朋友、戲稱老朋友是小呆瓜，
並且耍一些魯莽大膽的特技來
逗憂心的凱莉偷偷竊笑，
都使得奧德深感心痛。

假如奧德能夠在這裡找到凱莉，
她會向凱莉承諾
一切都將好轉。
她會編一個極具吸引力的故事，
一個有美好結局的故事，
內容是凱莉帶著一隻剛出生且健健康康的海獺寶寶，
在泥潭裡自由自在的生活。
奧德也會出現在這個故事裡——
她會是一個寵愛海獺寶寶的阿姨，
把自己所有的本事都

傳授給海獺寶寶。

但是
無論奧德練習說這個故事多少遍，
她知道
這只是沒有結局的謊言。

錯誤

日子一天天過去，一切都不對勁。
不僅沒有凱莉的蹤影，
連從前的那個奧德
也不復存在。

奧德的傷勢正慢慢復元，但她
無法像從前那樣活動自如。
以前那個愛玩耍、愛惡作劇的她
已經消失了。被鯊魚攻擊的陰影
就像一朵遮住陽光的頑固烏雲
縈繞在她的心上。

兩隻年長的海獺試著鼓勵她，
可惜毫無幫助。奧德開始懷疑
自己還有沒有機會離開這個地方。
或許她注定要在這裡變老，
就像那兩隻老海獺一樣。

不久之前，葛蕾西才提醒奧德：
太常接近人類的
野生海獺
有時候會被帶到海沃特水族館，
以確保他們的安全。

葛蕾西承認
自己就是那種好奇心旺盛的海獺。

奧德想起
這些年來讓她
產生興趣的
划皮艇者和潛水者、
划船者和觀光客。
我也是。
她輕聲的說。

儘管如此，
她知道就算自己聽從母親的警告、
乖乖遠離人類、
避開鯊魚，
最後仍可能因為諸多理由
讓她進到海沃特水族館。

以凱莉為例，她那麼膽小且充滿警覺。
她所做的一切都正確無誤，
可是最終仍無濟於事。

檢查

水族館館員希望奧德能動一動。
他們又騙又哄，
把點心掛在奧德無法觸及之處，
可是她根本不理會。

她很少進食，更少潛水，
因此他們帶她到檢查室，
檢查她的生命徵象、為她進行腹部 X 光攝影、
運動她的前爪和蹼。
可是她顯得既被動又沉默，
讓他們非常擔心。
他們以前熟悉的那個躁動的海獺寶寶
到底怎麼了？

她能不能感覺到
他們最後做出的
那個心碎的決定呢？

不。
當然不能。

他們知道
基於她的傷勢，

以及她以前喜歡
冒險與人類接觸的歷史，
這是個正確的決定。
然而一想到她將再也無法
像一塊重要的拼圖般
與其他的海獺彼此連結、
一起在泥潭裡漂浮
（這被稱為「浮台」），
就讓人難以接受。

他們不禁感慨，
可是他們已經嘗試過各種方法了。

他們讓
這個親愛的朋友失望了。

人類的聲音

最先發現這一點的是葛蕾西。

她聽人類的聲音已經很多年了，
因此有辦法破解其中一些聲音。
當某些聲音持續重複時，
就表示相當重要的事。
（起碼對人類而言相當重要。）

許多聲音結束時會以食物作為獎勵，
光憑這一點就有足夠的理由
仔細聆聽：
「葛蕾西」就是在叫她。
「做得好」就是有東西可吃。
「來」就是要她游到水槽邊。
「等一下」就表示人類準備讓她不高興。

由於葛蕾西經驗豐富，
因此她注意到
每當奧德在附近時，
人類就會開始喊著：
「爵士。」

「做得好，爵士。」他們說。

「來，爵士。」
「等一下，爵士。」

她很擔心那些人類
已經替她這個年輕的朋友
取了名字。

永遠不會

葛蕾西等了兩天。
她實在不忍心告訴奧德
她也和她們一樣
永遠不會離開這裡了。

爵士

奧德並不驚訝，不算非常驚訝。
因為對她而言，
自從被鯊魚攻擊的那天開始，
她就一直等待死亡降臨。

放棄一切並接受無可避免的死亡，
是一種解脫。

抱持希望
只會讓她感到筋疲力竭。

逃離

隨著日子恍恍惚惚的流逝，
奧德開始平靜的接受現況。
事實上，她覺得這很公平，
能與她的朋友們共享命運。
畢竟，她憑什麼
要與其他海獺不同？

坦白說，在海沃特水族館的生活
並不算太糟，不是嗎？
她很安全，備受呵護，
而且照顧她的人類
似乎真的很愛她。

最重要的是，
她將能夠永遠逃離
海洋生活中
無法避免的可怕威脅。

不見蹤影

有時候奧德會認為
自己在空氣中聞到了凱莉的氣味，
可是自從海獺寶寶死掉後，
她始終不見這位老朋友的蹤影。

每當有其他特殊氣味飄過，
奧德就會望向
那兩隻年長的海獺，
看看她們是不是也注意到了什麼。

然而她們的鼻子
已經不像從前那麼靈光，
而且奧德總告訴自己
那可能只是她的想像。
因為她顯然
十分擅長胡思亂想。

荒謬

這天下午有兩個人類
走過來呼喚她：
「爵士！來，爵士！」

他們輕敲水槽的邊緣，
但她故意無視他們，
以表明她不感興趣。
但是他們拿出一些蟹肉之後，
奧德便立刻蜿蜒的游過去，
將食物捧在前爪上。

她看了那些人類一眼，
驚訝的發現其中一人
以奇怪的方式覆蓋自己的身體。
（當然，人類總會用一些東西
遮住身體，以掩飾他們沒有毛皮。
不過這一次奧德感到十分吃驚。）
這個人類從脖子以下
緊緊包覆在一種
又厚又寬又黑的東西裡，
她的四肢被包住，
而她的頭部
則被一個類似箱子的黑色物體完全覆蓋。

就算以人類的標準來衡量
（這表示已經很奇怪了），
這個人類看起來也相當愚蠢。

奧德已經不是第一次
對於自己奢華舒適的毛皮
心存感激。
人類的身體
似乎經常
招來羞辱。

打算做某事

又一塊蟹肉，
又一道指令：
「籠子，爵士。籠子。」

很顯然的，他們希望讓她爬上坡道，
進入那個等著她的小籠子。
可是進入籠子意味著要去檢查室，
而人類喜歡在檢查室裡戳弄她和檢測她。
她很健康，所以不想被檢查。

人類拿了更多蟹肉到奧德面前，
但她依然不想離開水槽。
他們只好拿出網子
誘捕她。

這是個不太尋常的舉動，
讓奧德有點尷尬。
然而她的固執
其實也有點不太尋常。
奧德發出嘶嘶聲和尖叫聲，
以表達她的不滿。

那些人類
顯然打算做某事。

知悉

幾分鐘後，
人類帶著奧德來到
她以前那個寶寶池所在地的屋頂。
在大門打開前，
奧德就已經肯定的知悉一件事，
就如同她知悉該怎麼玩耍
一樣肯定：

凱莉在這個地方。

回到寶寶池

奧德不停的發出尖叫聲、啁啾聲並扭動身體。
那個有著箱形頭的人類
拿著她的籠子走向一個水池，
另一人則留在後頭。
籠子的門一打開，
奧德立刻躍入水中，
濺起大量水花。

凱莉在旁邊的另一個小水池裡，
距離很近，因此奧德可以
直接看見她的朋友。

凱莉看起來很好。她的毛皮閃閃發亮，
而且體重增加了一些。
她正仰躺浮在水面上，
胸前抱著一個小玩具，
以她特有的方式
徐緩的、謹慎的移動著。

凱莉！
奧德興奮的游來游去。
我好想妳！
她大喊著，

可是她的朋友毫無反應。

凱莉？
奧德又喊了一次，
而且喊得更大聲。

哈囉，奧德。
凱莉最後才輕聲的回答。
我也很想妳，
我的朋友。

收買

箱形頭的人類離開前，
以鼓勵的聲音稱讚了奧德。
甚至還給了奧德漂浮玩具
以及誘人的
冰凍蟹肉。

不過奧德才沒那麼容易被收買。
為什麼她會被帶來以前的寶寶池呢？
或許是要她來陪伴凱莉。
但倘若真是如此，
為什麼不讓她們共用同一個水池呢？

通常奧德會因此動怒，
不過有個東西
吸引了她的注意力，
一個很棒的東西。

絨毛球

奧德迅速游到
水池邊緣，
並且抬起頭，
以便清楚看著眼前的景象。

凱莉懷中抱著的
並不是玩具。

她抱著
一隻非常小的海獺寶寶，
小到像一團絨毛球，
甚至讓奧德好奇
那究竟是不是一隻真的海獺。

我還以為……
奧德開口說。
我還以為妳的寶寶……

也許

是的。
凱莉簡單的回答。
她死了。

我很抱歉。
奧德小聲的說。
我聽說過
這種事有時候會發生。

不過——
凱莉用鼻子輕輕碰了一下
依偎在她胸前的小海獺——
他們給了我這個海獺寶寶。
奧德，我不知道他們是從哪裡弄來的，
也不知道為什麼這麼做。也許他……
凱莉的聲音變得越來越小。

也許他沒有媽媽，
奧德說。
就和我以前一樣。

小

海獺寶寶發出柔和的吱吱聲，
凱莉用鼻子輕輕安撫他。

妳怎麼知道
要如何照顧寶寶？
奧德問。

反正……盡力照顧就是了。
凱莉回答。她看起來
和奧德一樣困惑。

奧德幾乎動也不動的
注視了一會兒，
那個海獺寶寶在凱莉的前爪裡
看起來安全無虞，
可以免於遭受這世界
不友善的一切。

我們以前也曾經這麼小嗎？
凱莉問。

不可能。
奧德回答。她試圖擺脫

一種有如漩渦般
讓她心情突然一沉的
悲傷感。
我們不可能這麼小。

迴盪不去

奧德用力潛入水中，
卻忘記了
海獺寶寶池很淺。
她撞到頭，然後
不好意思的繞著水池轉圈圈。

她是否也曾經被她的母親
以這麼溫柔的方式
擁抱過？
她是否也曾經有機會
被如此保護與寵愛著？

從很久以前開始，
奧德就只記得
那個始終在她夢中
迴盪不去的疑問：

她在哪裡
她在哪裡
她在哪裡

我很抱歉

那一夜，滿盈的月亮
從繁星中游過，像水母般閃閃發光。
奧德靜靜看著月亮移動。

海獺寶寶偶爾會發出
吱吱聲或抽噎聲或哼唧聲，
凱莉會安撫他，
溫柔的哄他或輕輕拍他。

那些老海獺告訴我妳生病了，
奧德沉默了很久之後說。

是的，顫抖症。
凱莉回答。
和艾瑪雅她們一樣。

我很抱歉，
奧德說。
她無精打采的踢著水。

人類已經改善我的病況，
凱莉說。
我最近沒那麼嚴重了。

奧德用她的前爪
轉動著一個玩具。
凱莉？
她輕聲的說。

嗯？

我對那件事感到非常抱歉。
我害妳身處險境。

奧德停頓了一會兒，
等著她的朋友
厲聲斥責她。

她聽見凱莉
正對著海獺寶寶輕聲耳語。

凱莉？
奧德問。

沒關係的。
凱莉回答。
真的沒關係。
妳這個小呆瓜。

箱形頭

人類不分日夜
以精準的時間間隔持續來訪，
而且總是穿著那套
讓奧德難以理解的裝備。

他們停下來與奧德打招呼，
給她零食並且關心她。
不過他們似乎更專注在
凱莉和海獺寶寶身上。

每當他們將海獺寶寶從凱莉懷中移開時，
無論時間多短，
海獺寶寶都會憤怒的尖叫，
凱莉也會焦急的呻吟。
為了避開那些聲音，
奧德就會躲進水裡。

再見，爵士

人類離開的時候，
都會發出一種聲音。
葛蕾西教過奧德，
因此奧德明白那種聲音的意思是：
「再見，爵士。」
「再見，特懷拉。」

門「咔噠」一聲的關上。
那些聲音是名字，
奧德說。
是我們的新名字。

我知道，
凱莉回答。
老海獺告訴過我
那些聲音代表什麼意思。

這時海獺寶寶發出一種
甜美的囀鳴聲。

那麼他呢？
奧德問。
妳都怎麼叫他？

我叫他「寶寶」。
凱莉一邊回答，
一邊慢慢的游過水池。
我想我不敢替他取名字，
因為取名字感覺會帶來厄運。

妳認為——
奧德遲疑了一會兒。
妳認為他們會替他取名字嗎？
就像他們替我們取名字那樣？

希望不會。
凱莉說。
我希望他能獲得自由。

為什麼

奧德在水池邊緣看著
凱莉和海獺寶寶，
他們宛如合為一體，
難以分辨哪個部分是凱莉、哪個部分是寶寶。

妳為什麼希望他獲得自由？
奧德追問。
妳真的希望他面對
我們遇過的那些危險嗎？
妳生了那麼嚴重的病，
而且我們差一點
被鯊魚吃了。

凱莉沉默不語。

妳還記得五十隻海獺的故事嗎？
奧德問。
妳認為大海中
為什麼只剩下五十隻海獺？
凱莉，人類為了我們的毛皮而
屠殺我們。

可是現在情況不同了。

凱莉表示。

這下子輪到奧德沉默了。
但至少他在這裡很安全。
奧德最後說。

奧德，這不像是妳會說的話。
凱莉說。

奧德思忖了一會兒。
或許吧。
她回答。
因為我已經不再是奧德了。
我是爵士。

答案

又過了一天，
箱形頭的人類持續出現，
圍在海獺寶寶的身旁輕柔低語。
他們似乎很滿意凱莉的表現，
因此發出高亢且活潑的聲音，
宛如黎明時的濱鳥。

他們依然給奧德很多
玩具和點心，可是她覺得
這只是附帶的舉動。
大水槽明明還等著她回去，
為什麼他們卻堅持把她留在這裡？
他們到底有什麼目的？

隔天一大早，
兩個箱形頭的人類又來了，
但他們這次沒有直接走向凱莉，
而是走到奧德面前。
終於，
無論奧德想不想知道，
她的問題
已經有了答案。

與海獺寶寶的第一天

其中一位箱形頭的人類，
懷中抱著一條毛巾。
那條毛巾裡覆蓋著某個
不停蠕動且不停尖叫的東西。
奧德當然知道
那是什麼，
因為她聞得到氣味，
也看見了他的蹼
和幾根觸鬚。
儘管如此，
當他們打開毛巾、
以非常溫柔的動作
將海獺寶寶
放進水池裡的時候，

在那一瞬間
奧德停止了
呼吸。

新來的

這個海獺寶寶
比凱莉照顧的那個寶寶大一點，
聲音也比較宏亮——
她尖銳的哭鬧聲讓奧德覺得刺耳。
這個海獺寶寶骨瘦如柴，
動作笨拙的拍打水面，
彷彿她是第一次下水。
比起她身體其餘的部分，她的眼睛顯得太大，
那雙眼睛盯著奧德的時候，
像海石一樣閃閃發亮。

那些人類也盯著奧德——
起碼看起來像是望著她，
畢竟他們頭上罩著箱子，
因此難以確認。
整個空間裡瀰漫著一種
期待的氛圍，
彷彿他們正等著奧德
做出一種能讓他們
獎勵她的舉動。

這個海獺寶寶費勁的
濺起水花，

想盡辦法
捲起一簇海草，
好將自己藏起來。

奧德則潛入水中，
游到水池的另一頭。

這就是人類把奧德
帶來這裡的原因：
他們要她成為另一個凱莉。
不過，奧德永遠也無法像她朋友那樣。
因為她既不冷靜也不體貼，
沒有耐性也不夠細心。
她還差一點
害死自己和凱莉。
或許她現在已經不再是奧德了，
但也絕對不可能變成凱莉。

一整天

人類在池邊
待了一整天。

海獺寶寶在海草裡
叫了一整天。

奧德在池裡
無視寶寶一整天。

暫時解脫

到了晚上，
其中一位箱形頭的人類，
用網子撈起海獺寶寶，
奧德才終於得以
安靜的
在水池裡到處游動。

我很好奇他們會帶她去哪裡。
凱莉說。
這是她一整天下來
所說的第一句話。

我不知道。
奧德回答。
但是我很高興
又可以獨享我的水池了。

奧德沉入水中
潛水並且不停旋轉
好一會兒。

那個寶寶是什麼模樣？
當奧德停止動作然後懶懶的倚著海草時，

凱莉這樣問她。

她很吵。
奧德說。
而且很笨。
味道也很奇怪。

每個海獺寶寶都是這樣子。
凱莉說。

奧德游去拿了一些食物，
這才意識到自己的肚子有多餓——
她問凱莉：
我應該如何
對待那個寶寶？

這時凱莉的寶寶發出一些聲音，
既像開心時的嚕嚕聲，也像小動物的吱吱聲。

呃，當妳還只是個海獺寶寶、
被人類帶到這裡來的時候，
他們是怎麼對妳的？
凱莉問。

我不知道。

奧德說。
我猜我已經
不記得了……
她滑入水中，撿起一個蛤蜊，
然後又浮出水面。

那妳覺得他們是怎麼對妳的呢？
凱莉追問。

我猜，
或許妳可以說，
他們教會我如何成為一隻海獺。
奧德回答。

沒錯。
凱莉說。

與海獺寶寶的第二天

海獺寶寶又回來了。
她依舊躲在海草裡。

人類在池邊
待了一整天。

海獺寶寶
不時的發出尖叫。

奧德在池裡
無視寶寶一整天。

與海獺寶寶的第三天

海獺寶寶又回來了。
她還是躲在海草裡。

人類在池邊
待了一整天。

海獺寶寶幾乎
沒有發出聲音。

奧德在池裡
無視寶寶一整天。

與海獺寶寶的第四天

海獺寶寶又回來了。
她躲在海草裡。

人類在池邊
待了一整天。

海獺寶寶很安靜。

在一天即將結束前，
奧德游過去
看海獺寶寶
是不是還活著。

她還活著。

會議

隔天早上，
在水族館館員把海獺寶寶（第二〇九號）帶回
爵士的水池之前，他們先進行了一場會議，
討論還有哪些方法
才能使爵士接受
這個非常需要她協助的海獺寶寶？

也許真的沒辦法了。
也許他們
對她的期望太高了。

他們以前也嘗試過這種事，
可是行不通。
特懷拉是第一個成功的案例。
然而現在定論還太早。
也許是因為特懷拉剛生產完，
所以比較容易與寶寶形成連結。

他們沒有理由期待
煩躁不安、難以預測的爵士
會有相同的反應。

這對爵士來說並不公平，

畢竟她經歷了
那麼多事情。

達斯 · 維達[6]

不過，雖然只是姑且一試，
但如果成功了呢？
如果不是由人類來教導被遺棄的寶寶如何成為海獺，
而是由真正的海獺來教導呢？——
例如無法在野外生存的海獺，
像特懷拉和爵士那樣的海獺。

水族館館員穿上他們的奇特服裝，
被他們稱為「達斯·維達」的服裝。
這套服裝會讓他們行動不便，
因為要披著厚厚的黑色披風，
還得戴手套及焊接工人的盔罩。
但這身裝扮可以讓海獺寶寶
不易認出人類，
或者與人類有眼神接觸、
產生連結。

任務其實很簡單，但是也很複雜。
如果第二一七號和第二〇九號

---

6 譯注：達斯·維達（Darth Vader）即安納金·天行者（Anakin Skywalker），是《星際大戰》電影系列裡的角色，在正傳三部曲裡為頭號反派，在前傳三部曲中是主角。

要在野外存活下去，
他們就必須知道自己是海獺，
而不是動作比較敏捷、模樣比較可愛、
身體比較多毛的人類。

另一個夢

奧德又從
另一個關於海獺寶寶的
夢中驚醒。

那個海獺寶寶快要淹死了。

而奧德放任她溺斃。

交談

奧德嚇得大叫。
凱莉喚她：
奧德，妳還好嗎？

我做了一個惡夢。
奧德說。
她搖搖頭。
如此而已。

他們很快就會帶著海獺寶寶過來了。
凱莉說。
彷彿奧德還需要別人
提醒這件事。

我希望他們放棄了。
奧德說。

凱莉沉默了
一會兒。
那個海獺寶寶該怎麼辦？
她最後終於開口了。

什麼怎麼辦？

奧德說。
她深深嘆了一口氣。
我和妳不一樣，凱莉，
我只會惹麻煩、我不聽勸告，
而且我差點害死妳。
我不知道該如何
照顧那個海獺寶寶。
我甚至不知道該如何
照顧自己。

可是妳知道該如何玩耍。
凱莉說。

與海獺寶寶的第五天

海獺寶寶又回來了。
她躲在海草裡。

人類在池邊
待了一整天。

海獺寶寶很安靜。

在一天即將結束前，
奧德游過去
用鼻子輕輕觸碰海獺寶寶。
她的動作很輕。

海獺寶寶發出啜泣。

她還活著。

心生憐憫

奧德伸出
一隻前爪。
海獺寶寶
睜大了眼睛，
並且發出尖叫，
還試著想要游走。
可是她的蹼
被海草纏住。

她不停扭動身體，
卻無法掙脫海草。
很顯然的，
她不知道如何潛水。

奧德驚訝的
往後退開。
她以前也曾經
如此無力照顧自己、
如此虛弱且
需要別人協助嗎？

奧德瞥看箱形頭的人類一眼，
箱形頭望著她和海獺寶寶，

讓奧德想起
人類初次嘗試
教她潛水的情景。

沒錯，人類知道方法——
他們知道該怎麼做——
可是他們不知道
其中的奧妙：
他們不懂那種令人震驚且不可思議的
喜悅。

海獺寶寶扭動得更厲害了。
有那麼一會兒，
她的頭完全沒入水中。
當她又浮出水面時，
整張臉因為溼透
而充滿驚懼，
所以瘋狂的用她小小的前爪
揉著鼻子，
並且發出
害怕又沮喪的吱吱聲。

箱形頭的人類拿著網子，
往前走到水池邊，
準備救起
可憐的海獺寶寶。

目的

奧德再也
無法忍受了。

海獺不應該
這麼怕水。

畢竟水就意味著玩耍，
而玩耍正是海獺存在的目的。

撫慰

奧德潛到海獺寶寶的下方，
將她從打結的海草中
推出來。

海獺寶寶還在一邊扭動一邊尖叫，
奧德翻過身子，
滑到海獺寶寶底下，
然後往上浮起，
以仰躺的方式
緊緊抓著
這個柔軟的小毛球，
直到海獺寶寶
終於放鬆下來。

奧德在水池裡
來來回回的
游著，
她輕輕滑動，
輕輕搖晃，
撫慰著海獺寶寶。

輕柔低語

人類發出
高興的聲音，
凱莉也是。
不過奧德沒有理會他們，
因為
她正對著海獺寶寶
輕柔低語。
海獺寶寶依附著奧德，
彷彿對於寶寶而言，
奧德代表著
生與死的差別。

小傢伙。
奧德說，
如果要我當妳的
海獺老師，
我們得先把話
說清楚。

我會教妳
如何潛入水中找貽貝，
如何打開蛤蜊，
如何在睡覺時

用海帶固定住自己。
沒錯，
我會像妳媽媽一樣，
教導妳必須害怕鯊魚、
躲開人類，
因為，親愛的，
這是我必須做的。

海獺寶寶用她的前爪
拍拍奧德的鼻子，
發出開心的呼嚕聲。

奧德想起她的母親，
還有她母親要她小心這世界的提醒，
以及她母親的擔憂與焦慮。
這是奧德第一次
明白了母親的心情。

更重要的是，
奧德又說，
小呆瓜，
我會教妳
如何玩耍。

海獺寶寶又發出咕嚕聲。

我有一些花招，
奧德表示。
妳一定
不敢相信。
突然之間
奧德已經等不及
明天的到來。

這個海獺寶寶
必須學習
太多東西了。

最終章

六個月之後

如何與海獺道別
（海獺版）

你應該感到自豪。
經過漫長的這幾個月，
你知道自己已經盡力做到最好。
教導與關愛
雖然是不一樣的詞彙，
卻是指同樣的事情。

你應該抱持希望。
想像他們
在籠子打開之後，
跳進野外的
大海中，
運用你分享的各種技能
去冒險
與犯錯；
有時還會感覺寂寞
與迷失。

可是
永遠知道
不必害怕
這世界。

而大海，
美麗的大海，
永遠代表著
玩耍。

詞彙表

鮑魚（abalone）：一種可食用的甲殼類動物，外殼有一種被稱為「珍珠母」（mother-of-pearl）的閃亮表層。

棘頭蟲腹膜炎（acanthocephalan peritonitis）：一種寄生蟲感染的疾病，可能導致海獺死亡。

抗生素（antibiotics）：一種藥物，可以治癒多種細菌引起的疾病。

海灣（bay）：一部分被陸地包圍且連接至更大片水域的小型水域。

鯨脂（blubber）：海洋哺乳動物皮膚底下的厚脂肪層。

蛤蜊（clam）：一種可食用的小型貝類。

大葉藻（eelgrass）：一種可提供許多物種食用及棲息的水中植物。

大白鯊（great white shark）：世界上已知的最大型掠食性魚類。

拖上岸（hauling out）：指海豹、海獅、海象等暫時離開海水、移動到陸地或海冰上的行為。

無脊椎動物（invertebrate）：沒有脊柱的動物。

海草（kelp）：生長於寒冷沿海水域的棕色海藻。

關鍵物種（keystone species）：對生態系統之健全極其重要的物種。

貽貝（mussel）：一種有深色外殼的可食海洋生物。

寄生蟲（parasite）：住在其他動物的身上或體內並引發疾病的小型生物。

掠食者（predator）：獵殺並吃掉其他動物的動物。

獵物（prey）：被獵殺並且被當成食物的動物。

浮台（raft）：一群一起漂浮的海獺。

復健（rehab）：幫助生病者或受傷者恢復健康的過程（為rehabilitation的縮寫）。

水獺（river otter）：在河流、湖泊、溪流及淡水溼地附近生長的水獺。比起海獺，水獺的體型較小，軟毛也較短。

海星（sea star）：擁有五隻或更多觸手的海洋無脊椎動物（通常被稱為starfish）。

海膽（sea urchin）：一種多刺的海洋無脊椎動物，通常呈球狀。

泥潭（slough）：一種溼地，通常與大面積的水域相接。

加州海獺（southern sea otter）：北美洲體型最小的海洋哺乳動物，曾因毛皮而遭人類大量獵殺，以致瀕臨滅絕。

代理媽媽（surrogate）：代替母親的角色或擔任母親的替身。

標記（tagging）：科學家及保育人員在追蹤多隻哺乳動物和鳥類時，以獨特的顏色和編號附加標識的處理程序。

弓形蟲腦炎（Toxoplasma gondii encephalitis）：一種因寄生蟲引發的疾病，可能導致癲癇（「顫抖症」〔shaking sickness〕）和死亡，通常是經由野貓或家貓的排泄物傳染給海獺。

生命徵象（vitals）：測量健康的重要指標，包括體溫、血壓、脈搏和呼吸頻率（亦即「生命跡象」〔vital signs〕）。

作者的話

「歸根究柢，小說就是傾訴事實的謊言。」作家尼爾・蓋曼曾經這樣說過。這部以自由詩歌[7]體裁寫成的小說，靈感正是來自動人的真實事件。

本書中所有的海獺基本都是曾受加利福尼亞州蒙特瑞灣水族館優秀館員照顧過的海獺，我再結合各種元素並合併時間軸重新構思牠們的故事。如果您想了解其中任何一隻海獺的歷史，都可在蒙特瑞灣水族館的網站獲得更多資訊（montereybayaquarium.org）。

我先來介紹奧德（又名「爵士」）。

奧德這個角色的背景設定，乃是融合蒙特瑞灣水族館海獺研究與保育計畫（Sea Otter Research and Conservation，SORAC）中兩隻海獺的真實生活：喬伊（Joy）和賽爾卡（Selka）。一九九八年，出生才幾天的喬伊被人類發現擱淺在海灘上。當時的海獺研究與保育計畫仍屬早期階段，科學家們嘗試扮演全職的海獺媽媽，負責教導海獺寶寶各種

7　譯注：自由詩歌（free verse）是一種開放式的詩歌體裁，不受固定韻律或聲調模式的約束。

基本技能，包括與海獺寶寶一起在海灣游泳、鼓勵牠們發展覓食的本領，並且讓牠們有機會與野生海獺一起玩耍。喬伊在五個月大的時候完成訓練，離開了水族館。爾後三年，她經常跳上橡皮艇或碼頭，想要與人類重建關係，最後被美國魚類及野生動物管理局（U.S. Fish and Wildlife Service）判定為「不適合放生」。她在重新適應水族館的生活之後，協助撫育了十六隻失去母親的海獺寶寶。

賽爾卡的故事有點不太相同。她也是甫出生一個星期就被人類發現並送往水族館照顧。她在水族館裡待了將近一年，但離開水族館之後僅僅八個星期就被發現遭鯊魚嚴重咬傷。她再度回到水族館接受照料，然而又一次重返野外生活後，持續出現健康上的問題。她和喬伊一樣被判定為「不適合放生」，在二〇一六年返回水族館成為永久住民暨代理海獺媽媽之前，還曾在隆恩海洋實驗室[8]與海獺研究人員共度一段時光。

至於凱莉（又名「特懷拉」）這個角色，則是呼應水族館裡首隻成功的代理海獺媽媽圖拉（Toola）。圖拉於一九九六年出生，二〇一二年過世。圖拉在擱淺之後被人類發現，她患有弓形蟲腦炎，後來生下一個死產的海獺寶寶。碰巧的是，有一隻被遺棄的新生海獺寶寶差不多在同一時間被人類發現，水族館館員成功的將這隻海獺寶寶交

8　譯注：隆恩海洋實驗室（Long Marine Laboratory）位於美國加州聖塔克魯茲，以其在沿海生態、海洋脊椎動物、海洋無脊椎動物及海洋哺乳動物等領域之創新研究（包括生理學、感官接收、行為和生物聲學）聞名於世。

給圖拉撫育。

在那之後不久，一隻擱淺獲救的雄性海獺寶寶於斷奶並開始吃固體食物時交給喬伊撫育。水族館館員原本不確定結果會如何，因為喬伊並未剛剛分娩，與圖拉情況不同，但結果證明喬伊是天生的老師，也是充滿愛心的代理媽媽。

喬伊、賽爾卡和圖拉撫育的諸多海獺寶寶都已經在野外成長茁壯，並且孕育自己的下一代，為愛爾康泥潭（Elkhorn Slough）和蒙特瑞灣的生態健全做出貢獻。

葛蕾西和荷莉的角色靈感來自高蒂（Goldie）和海麗（Hailey），她們是水族館裡兩隻備受喜愛且活到高壽的海獺。消除與人類之連結是代理海獺媽媽計畫至關重要的正向成果，而穿著一身有如達斯・維達的裝扮——焊接工人的盔罩與深色披風——也被證明是可確保海獺寶寶在水族館居住期間不會與人類建立聯繫的另一種方式。由真正的海獺來擔任老師之後，水族館館員就不需要再像照顧喬伊時那樣必須帶海獺去潛水了。

奧德所說的「五十隻海獺」的故事，是指一九三八年在加利福尼亞州大蘇爾（Big Sur）附近海域宛如奇蹟般出現了大約五十隻海獺。在被稱為「加州毛皮熱潮」（California Fur Rush）的那段期間，毛皮商人和獵人早已殺光大部分的海獺。隨著時間流逝，在致力保育與訂定律

法的協助之下，那一小群海獺已經擴展成為大約三千隻，並且在一個比其原始活動範圍小很多的區域生活。

國際自然保護聯盟（International Union for Conservation of Nature, IUCN）有一份受脅的物種名單，那份名單稱為紅皮書（The Red List），而海獺目前已列為瀕臨絕種的物種。

蒙特瑞灣水族館在拯救擱淺的孤兒海獺寶寶方面獲得驚人的成功，全世界都在研究並複製其努力之成果。假如您有機會前往加利福尼亞州，蒙特瑞灣水族館絕對值得您一遊。

這世界十分幸運，因為蒙特瑞灣水族館海獺研究與保育計畫的成員都孜孜不倦，努力透過拯救海獺以治癒海洋。

只要花一小時觀賞海獺嬉戲，你的想法將會永遠改變。

謝辭

　　沒有人比麥克米倫出版公司（Feiwel and Friends/Macmillan）的團隊更有愛且更用心製作書籍，我很榮幸能成為這個大家庭的一分子。我非常感謝我的編輯莉茲・薩布拉（Liz Szabla），她深具洞見及才華，而且親切和藹。這個團隊的其他傑出成員還包括：

- 琴恩・費維爾（Jean Feiwel），發行人
- 瑞奇・迪亞斯（Rich Deas），資深創意總監
- 海倫・希區斯特（Helen Seachrist），資深出版編輯
- 史塔爾・貝爾（Starr Baer），文案編輯
- MCPG行銷和宣傳人員，尤其是香朵・葛胥（Chantal Gersch）、瑪麗・凡亞金（Mary Van Akin）和愛麗思・維拉羅伯斯（Elysse Villalobos）。
- 珍妮佛・愛德華斯（Jennifer Edwards）和無與倫比的業務團隊。

我也深深感謝：

- 卓越的查理斯・聖多索（Charles Santoso）為本書繪製精美的封面與插圖。
- 我在平平經紀公司（Pippin Properties）優秀的經紀人

伊蓮娜・吉安納佐（Elena Giovinazzo），十分感謝她的智慧和支持。

- 雙貓媒體（Two Cats Communications）的瑪麗・凱特・史蒂文森（Mary Cate Stevenson）與諾亞・諾夫茲（Noah Nofz）在幾乎各方面的協助。

- 潔妮佛・丘爾登可（Gennifer Choldenko）。她既是一位好友也是一位好作家。

- The Rogue Colors 總是提供我安慰與歡笑。

- 我的朋友與家人。比起去年，他們增加了許多關於海獺的知識。

- 書籍出版相關人士，尤其是書商、教師和圖書管理員。他們永遠是英雄，尤其是現今這個年代。

想進一步了解海獺的人，我強烈建議可從塔德・麥克萊許（Todd McLeish）有趣又引人入勝的作品《海獺歸來》（*Return of the Sea Otter*）開始閱讀，以深入知悉這種迷人生物的歷史和希望。

　　我非常感激蒙特瑞灣水族館的館員協助我的研究。本書中如有任何錯誤，完全由我負責。

　　特別感謝蒙特瑞灣水族館的資深研究生物學家泰莉・尼可森（Teri Nicholson）與海獺擱淺暨康復經理珊卓琳・哈藏（Sandrine Hazan），感謝她們提供真的很有助益的資訊（包括了科學資訊與小說情節）。

部分參考書目

《海獺與北極熊的動物行為學和行為生態學》（*Ethology and Behavioral Ecology of Sea Otters and Polar Bears*），Randall W. Davis and Anthony M. Pagano 著。美國紐約，Springer，二〇二一年。

《海獺：生態、行為與保育》（*Otters: Ecology, Behaviour and Conservation*），Hans Kruuk 著。英國牛津，Oxford University Press，二〇〇六年。

《海獺歸來：在太平洋海岸逃過滅絕的動物》（*Return of the Sea Otter: The Story of the Animal that Evaded Extinction on the Pacific Coast*），Todd McLeish 著。美國華盛頓州西雅圖，Sasquatch Books，二〇一八年。

《蒙特瑞灣的生與死：復育的故事》（*The Death and Life of Monterey Bay: A Story of Revival*），Stephen R. Palumbi and Carolyn Sotka 著。美國華盛頓特區，Island Press，二〇一一年。

《海獺：一段歷史》（*Sea Otters: A History*），Richard Ravalli 著。美國內布拉斯加州林肯市，University of Nebraska Press，二〇一八年。

《美國印象：蒙特瑞區的海濱》（*Images of America: Monterey's Waterfront*），Tim Thomas and Dennis

Copeland著。美國南卡羅來納州查爾斯頓市，Arcadia Publishing，二〇〇六年。

小讀者可參考的資源

出版品

《如果你帶走海獺》（*If You Take Away the Otter*），Susannah Buhrman-Deever 著。美國麻薩諸塞州薩默維爾市，Candlewick Press，二〇二〇年。

《海獺：倖存者的故事》（*Sea Otters: A Survival Story*），Isabell Groc 著。加拿大不列顛哥倫比亞省維多利亞市，Orca Book Publishers，二〇二〇年。

《海草森林的祕密：海洋最豐足的棲息地之生命起落》（*Jean-Michel Cousteau Presents: The Secrets of Kelp Forests: Life's Ebb and Flow in the Sea's Richest Habitat*），Howard Hall 著。美國加利福尼亞州蒙特瑞斯區，London Town Press，二〇〇七年。

《海獺英雄：拯救生態系統的掠食者》（*Sea Otter Heroes: The Predators that Saved an Ecosystem*），Patricia Newman 著。美國明尼蘇達州明尼亞波利斯市，Millbrook Press，二〇一七年。

《海獺》（*Sea Otters*），Marianne Riedman 著。美國加利福尼亞州蒙特瑞市：蒙特瑞灣水族館（Monterey Bay Aquarium），一九九〇年。

《海洋分析：海底世界的怪奇事物》（*Ocean Anatomy: The*

Curious Parts and Pieces of the World Under the Sea），
Julia Rothman 著。美國麻薩諸塞州北亞當斯，Storey
Publishing，二〇二〇年。

網路

蒙特瑞灣水族館：montereybayaquarium.org

蒙特瑞灣水族館海獺攝影機（Monterey Bay Aquarium Sea
Otter Cam）：montereybayaquarium.org/animals/live-cams/
sea-otter-cam

愛爾康泥潭海獺攝影機（Elkhorn Slough OtterCam）：
elkhornslough.org/ottercam

故事館

小麥田 海獺奧德的冒險旅程

作　　　者	凱瑟琳·艾波蓋特 (Katherine Applegate)
繪　　　者	查理斯·聖多索 (Charles Santoso)
譯　　　者	李斯毅
封 面 設 計	鄭婷之
校　　　對	呂佳真
責 任 編 輯	巫維珍

國 際 版 權	吳玲緯　楊　靜
行　　　銷	闕志勳　吳宇軒　余一霞
業　　　務	李再星　李振東　陳美燕
編 輯 總 監	劉麗真
事業群總經理	謝至平
發 行 人	何飛鵬
出　　　版	小麥田出版
	台北市南港區昆陽街16號4樓
	電話：886-2-2500-0888　傳真：886-2-2500-1951
發　　　行	英屬蓋曼群島商家庭傳媒股份有限公司城邦分公司
	台北市南港區昆陽街16號8樓
	客服專線：02-25007718；02-25007719
	24小時傳真專線：02-25001990；02-25001991
	服務時間：週一至週五 09:30-12:00；13:30-17:00
	劃撥帳號：19863813　戶名：書虫股份有限公司
	讀者服務信箱：service@readingclub.com.tw
	城邦網址：http://www.cite.com.tw
香港發行所	城邦(香港)出版集團有限公司
	香港九龍土瓜灣土瓜灣道86號順聯工業大廈6樓A室
	電話：852-25086231　傳真：852-25789337
	電子信箱：hkcite@biznetvigator.com
馬新發行所	城邦(馬新)出版集團
	Cite (M) Sdn. Bhd. (458372U)
	41, Jalan Radin Anum, Bandar Baru Seri Petaling,
	57000 Kuala Lumpur, Malaysia.
	電話：+6(03)-90563833　傳真：+6(03)-90576622
	電子信箱：services@cite.my
麥田部落格	http:// ryefield.pixnet.net
印　　　刷	漾格科技股份有限公司
初　　　版	2025年2月
售　　　價	420元

ISBN：978-626-7525-19-7
EISBN：9786267525180 (EPUB)

ODDER by Katherine Applegate
Text copyright © 2022 by Katherine
Applegate.
Illustrations copyright © 2022 by Charles
Santoso.
Originally published by Feiwel and Friends,
an imprint of Macmillan USA
Published by arrangement with Pippin
Properties, Inc. through Rights People,
London
Traditional Chinese translation copyright
© 2025 by Rye Field Publications,
a division of Cite Publishing Ltd.
All rights reserved.

國家圖書館出版品預行編目資料

海獺奧德的冒險旅程／凱瑟琳·艾波
蓋特 (Katherine Applegate) 著；李
斯毅譯. -- 初版. -- 臺北市：小麥田出
版：英屬蓋曼群島商家庭傳媒股份有
限公司城邦分公司發行, 2025.2
　面；　公分. --（故事館）
譯自：Odder
ISBN 978-626-7525-19-7（平裝）

874.596　　　　　　　　113015580

城邦讀書花園
www.cite.com.tw
書店網址：www.cite.com.tw

版權所有·翻印必究
本書若有缺頁、破損、裝訂錯誤，請寄回更換。